설중매

한국문학산책 48 신소설
설중매

지은이 **구연학**
엮은이 **송창현**
펴낸이 **안용백**
펴낸곳 **(주)넥서스**

초판 1쇄 인쇄 2013년 6월 15일
초판 1쇄 발행 2013년 6월 20일

출판신고 1992년 4월 3일 제311-2002-2호
121-840 서울시 마포구 서교동 394-2
Tel (02)330-5500 Fax (02)330-5555

ISBN   978-89-6790-083-0   04810

www.nexusbook.com
지식의 숲은 (주)넥서스의 인문교양 브랜드입니다.

한국문학산책 48
신소설

구연학

설중매

송창현 엮음·해설

지식의숲

* 일러두기

1. 시대 분위기와 작가의 개성이 드러나는 문장이나 방언, 속어, 고어 등은 원문 표

   기를 따랐다.

2. 원본 한자는 한글로 바꾸고 작품의 이해에 필요한 경우에만 한자를 병기하였다.

3. 독자들의 이해를 높이기 위해 필요한 경우 괄호 속에 뜻풀이를 달았다.

차 례

제1회

"아가 매선아, 이리 좀 오너라. 매선이 거기 있느냐?"

하는 소리는 한 오십여 세 된 부인이니, 긴 병이 들어 전신이 파리하고 근력이 쇠약하여 자리에서 이기지 못하고 누워 밭은기침을 하면서 그의 딸 장 소저를 부르는 것이라. 소저의 나이는 십육칠 세는 되었는데, 나직한 소리로 선뜻 대답하며 문을 열고 조용히 들어오더니 베개 옆에 와 나붓이 앉으며,

"어머니, 부르셨습니까? 아까까지 길에 모시고 있삽더니, 어머니께서 잠이 곤히 드신 듯하기로 밖에 좀 나가 신문을 보았삽나이다. 벌써 네 시나 되었사오니 약을 잡수시지 아니하시려나이까?"

부인이 얼굴을 찡그리며 가로되,

"약은 그만두어라. 먹기도 지리하나 매선아, 아마 나의 명이 장구치 못할 듯하다."

소저가 초연낙담(哨然落膽)하여 눈물을 머금다가 다시 생각하고 천연한 목소리로,

"어머니, 어이 그리 심약하신 말씀을 하시나니까? 어젯밤에 의원이 돌아갈 때에 이르는 말씀을 들은즉, 어머니 병환이 이렇듯 미류하사 척골이 되셨으나 아직 그리 연만한 터가 아니시니 약이나 잘 쓰고 조리하시면 차차 회춘하시리니, 아무 염려하지 말라 하더이다. 어머니, 너무 걱정 마시고 안심하시압소서."

부인이 머리를 세차게 흔들며,

"너의 거짓말 듣기 싫다. 어제 의원이 갈 때에 문간에서 너더러 무슨 말을 하는 모양이기로 귀를 기울이고 들어도 말소리는 들리지 아니하나, 너 들어올 때에 너의 눈물 흔적을 보고 의원이 한 말을 대강 짐작하였다."

매선이 아무쪼록 모친의 마음을 위로하려고 꾸며 대답하되,

"그러함이 아니오. 그때 마침 부엌에서 밥 짓는 연기가 너무 나기로 매워서 눈물을 흘렸삽나이다."

부인 왈,

"그렇지 아니하다. 의원은 무엇이라 말하였는지 모르겠으나,

벌써 일 년이나 지난 중병으로 이같이 신고하여 뼈만 남았으니
어찌 살기를 바라리오."

매선이 느끼며,

"어머니께서 병환이 회복치 못하시면 소녀 홀로 누구를 의지
하고 사오리까? 그런 말씀은 하시지 마옵소서."

부인이 눈물을 머금으며,

"나도 죽고 싶지는 아니하나 천명을 어찌하리오. 내가 너를
데리고 고향을 떠나 서울에 온 지 일 년이 못 되어 너의 부친은
세상을 버리시고 금석같이 믿던 심랑은 지금껏 간 곳을 알지 못
하고 다만 우리 모녀가 서로 의탁하여 지내다가 이렇듯 병이 깊
어 이기지 못할 지경에 이르니, 너의 외로운 마음이 오죽하리
오. 이는 죽어도 눈을 감지 못할 바로다. 세상을 버리기 전에 너
의 말을 듣고자 하는 일이 있도다."

하면서 병의 피곤함을 이기지 못하여 어느덧 슬며시 잠이 드는
지라. 매선이 초연히 넋을 잃은 듯이 앉았으니 얼굴은 백설을
업수이 여기고 콧줄기는 씻은 배추 줄기 같으며, 눈은 새벽별
이 비친 듯하고 눈썹은 초생달을 그려 낸 듯한 절대미색으로 수
일 전에 땋은 머리채가 반쯤 흐트러져 옥 같은 얼굴을 가리웠는
데, 잠든 병모의 얼굴을 바라보면서 방울방울 흐르느니 눈물이
라. 일폭 비단 수건으로 씻는 모양은 한 가지 배나무 꽃이 봄비

를 띤 듯하더라.

이윽고 부인이 눈을 떠 보고,

"매선아, 그저 여기 앉았느냐. 내가 잠깐 잠이 들었더니 꿈에 너의 부친을 만나 따라가 보았다. 매선아, 내가 아무리 하여도 세상에 오래 있지 못할지라. 네가 지금 심랑을 만나면 그 용모를 기억하겠느냐?"

소저의 옥 같은 얼굴이 홀연히 연짓빛이 되며 단순(丹脣)을 열어 대답하되,

"심랑의 사진은 잘 간수하여 두었사오니, 그 사진이 십삼 세 때에 박은 것이라 하온즉, 그동안 기골이 장대하여 설혹 만나 보아도 자세히 알지 못할까 하나이다."

하면서 애연히 상심이 되어 어린 듯 앉았거늘, 부인이 이르되,

"너도 아는 바 너의 부친 같으신 호협한 기상으로 일찍이 말씀하시기를, 지금 세상의 계집아이는 예전의 풍기와 같지 아니한 고로 침선방적(針線紡績)은 대강이나 알아두면 그만이로되, 학문은 넉넉히 힘쓰지 않으면 안 된다 하여 너로 하여금 서책에 종사케 하시고 아름다운 사위를 얻어 아들과 같이 데리고 있고자 하나, 시골 소년에는 한 사람도 합의한 자 없기로 경성에 가서 서서히 가랑을 택하여 기별하리라 하시고 서울로 가시더니, 그 후 심랑의 인품을 편지로 자세히 기별하시되, 장안에 이같이

장취성이 있고 자격이 합당한 남자는 처음 보았기로 사위를 삼을 터이라 하시고 사진까지 박아 보내신 것을 너도 보고 흠앙한 바이거니와, 내가 너를 데리고 경성에 왔더니 심랑은 그전에 일본으로 들어갔다 하나 자세한 일은 모르고 소식을 들은즉 국사범에 참여하여 피신한다는 풍설이 있기로 낙담하였으나, 너의 부친 말씀은 심랑이 학문도 연숙하고 지식도 명민하니 기필코 몹쓸 무리에 참여치 아니하였으리니 이는 무슨 곡절이 있음이라 하시고 어느 누가 무슨 말을 하든지 믿지 아니하시더니, 너의 부친이 기세하신 후 벌써 두 해가 되도록 심랑의 소식은 묘연하고 다만 우리 모녀가 서로 의탁하여 지내더니, 불행히 나는 병이 깊어 명일 일을 알지 못하겠으니, 너도 깊이 생각하여 결정할 일이 있도다.”

매선이 묻자와 가로되,

“어머니, 이는 무슨 일을 말씀하심이니까?”

부인이 가로되,

“너는 아무리 하여도 계집아이라, 어느 때까지든지 홀로 장씨의 집을 지키고 있지 못할지라, 내가 죽으면 너는 곧 출가하지 아니치 못하리니 얼마든지 심랑의 소식을 기다리고 있으려 하느냐, 다른 곳이라도 합당할진대 즉시 허신코자 하느냐? 내가 듣기를 원하는 바는 다만 이 일이로다. 매선아, 네가 잠잠히 있고 말하지 않으면 내가 너의 마음을 어찌 알리오.”

매선이 머리를 숙이고 이윽히 생각하는 모양이러니 수삽한 말로 대답하되,

“심랑이 우리 집과 굳은 언약을 정한 바는 아니나 아버님께서 일찍이 말씀하시되 심랑의 문장과 학문이 타인에 비할 바가 아니요, 이미 통혼하였으니 경선히 타처로 언약을 옮기지 말라 하셨을뿐더러, 소녀도 또한 심랑의 사진을 가졌사온즉, 만일 어머니께서 회춘하지 못하시면 가사는 숙부에게 부탁하옵고 소녀는 어느 여학교에 들어가서 공부나 하다가 이삼 년이 지나도록 심랑의 소식을 모르면 그때는 숙부와 의논함이 좋을까 하나이다.”

부인이 희색이 만면하여 매선의 등을 어루만지며 가로되,

“너의 말을 들으니 내가 안심하여 죽어도 눈을 감으리로다. 너의 부친이 하세하실 때까지 심랑의 일을 잊지 아니하고 너무 엄위하기도 하고 남이 전하는 말도 과히 소요하기로 너의 생각이 어찌 드는지 알지 못하여 심중으로만 걱정하였더니, 인제는 너의 부친의 마음을 본받으리로다. 매선아, 결단코 이삼 년을 기다리면 심랑의 거취를 알 것이니 안심하여 지내어라. 또 할 말이 있다. 너도 아는 바 숙부는 본래 타인이요, 또한 깊이 믿지 못할 사람이라. 우리 집에 있는 약간의 재산과 문권은 다 너의

부친이 진력하여 장만하신 바라, 아무쪼록 잘 보전하여 남에게 빼앗기지 말지로다.”

이럭저럭 담화하다가 정토사의 저문 쇠북이 울고 추풍이 소슬하여 낙엽이 창을 두드리더라.

제2회

이때는 춘삼월 호시절이라, 천기가 온화하니 광통교 변 수월루 하에 유인재자(遊人才子)의 거마가 낙역부절하는 중에 어느 두 신사가 양복을 선명히 입고 앞서거니 뒤서거니 분분한 거마를 좌우로 피하여 다리를 건너오다가 한 신사가 우연히 다리 가에 붙인 광고를 보니, 금 이십 일 오후 일 시에 새문밖 독립 회관에서 정치 연설회를 개회한다 하고 그 옆에 허다한 출석 변사의 성명을 기록한지라. 같이 오는 친구를 불러 말하되,

"오늘 독립 회관 연설회에 가 보지 아니하려는가?"

앞에 가던 사람이,

"아무려나 가 볼까. 추우강남(追友江南)이라는 말도 있으니."

하면서 두 사람이 서문밖으로 나아갈새,

"엔간히 사람이 많이 모였으리. 연설도 오래간만이지마는 오늘은 연설 마디나 한다는 사람이 이삼 인이 되는 고로 노는 사람들은 필경 모두 왔을까 하네. 그러나 문간에 순검들이 또 있을 터이니 연설도 좋지마는 순검의 서신은 실로 아니꼽네."

"여보게, 그 말은 말게. 자기가 범법만 아니하면 그만이지 순검이 상관있나."

이와 같이 담화하는 중 벌써 독립관에 당도하였더라.

문간에 순검이 서서 들어가는 사람마다 불러 성명을 조사하다가 학도같이 보이는 사람은 그 거주와 통호를 수첩에 적고 분명히 학도가 아님을 변명한 후에 입장하게 하더라. 원래 어느 정치 연설이든지 그 발기한 자가 연설의 문제와 대의를 일일이 먼저 고하여 치안에 방해가 될 듯하면 인가하지 아니하고, 또 연설장에 경찰관이 출장하여 언론에 과격함이 있으면 중지시키고 방청하는 사람을 해산케 하니, 대체 광무년간에 외국 유학한 생도 중에 정치를 개량하고 국세를 유지코자 하여 세력이 너무 강대하며 언론이 또한 과격하여 일세를 경동하고 정부를 공격하거늘, 이러므로 정부에서 율문을 제정하여 단속을 엄중히 하는 고로 각처 연설회와 각 학교 토론회까지 모두 금지하니, 이는 빙설이 들에 덮여 초목이 영락함과 같아서 참담한 기상이 있어라. 그러나 군음이 궁극함에 일양이 회복함은 천지의 떳떳한 이치라. 마침내 한 호걸의 선배가 세상에 나서 성심으로 상하를 감동하고 사회를 조직하여 점차로 정치 개혁을 할 사상을 일으키려 함이 풍설의 간고함을 돌아보지 아니하고 백화의 괴수가 되어 춘색을 만회코자 하니, 어느 사람이 그 높은 절개를 흠모치 아니리오.

그때 두 신사가 순검의 허가를 얻어 당상에 오르니, 백여 간 대청에 방청하는 사람이 가득하여 송곳 꽂을 틈이 없는데, 정면에는 팔선 탁자를 놓고 한 변사가 그 위에 서서 한참 연설을 하는 중에 웃는 자도 있으며, 부르짖는 사람도 있어 가부의 평론이 분분하고, 그 변사 옆에는 두 경무관이 복장에 칼을 짚고 엄연히 교의에 걸터앉았으며, 서기 일인은 손에 연필을 가지고 자주 연설의 대의를 필기하고 동벽에는 육칠 장 되는 종이에 변사의 성명과 연설의 문제를 써서 걸었으되, 제1에는 가로되 '분발함'이니 변사에 권중국이요, 제2는 가로되 '동포 형제에게 바라는 바가 있다' 하였으니 변사에 전학삼이요, 제3에는 가로되 '동등의 권리'니 변사에 문전철이요, 제4는 가로되 '사회 형편은 행인의 거취와 같다.' 하였으니 변사에 이태순이요, 제5에는 가로되 '누가 정당한 경쟁에 권리를 무용하다 하리오' 하였으니 변사에 하상천이요, 그 나머지 종이는 바람에 불리고 또 변사의 등에 가리운 바 되어 일일이 보이지 아니하더라.

단 위에 선 변사는 벌써 삼사십 분 동안이나 연설한 모양인데 면상에 홍색을 띠고 유리병의 물을 찻종에 따라 한숨에 들이마시고 다시 연설하여 가로되,

"말씀드린 바와 같이 동등이 됨은 여러분도 다 아시는 바이어니와, 타일 협회가 성립할 때에 재산과 지식이 없는 자라 하여 하등 인민을 정권에 참여치 못하게 할 이치가 없는 것은 명백함이오. 유럽에서도 영·미 제국은 동등 권리의 주의를 행하고 홀로 압제를 주장하는 독일과 러시아 등에는 전제 정치를 행하여 형법상에는 편리하나 인민의 권리는 조금도 진보되지 못하였으니, 여러분은 우리나라 정치의 개량을 영·미 제국을 본받을지요, 독일과 러시아같이 전제 정치를 행치 말지어다."

연설을 마친 후 주먹으로 탁자를 두드리고 단에서 내려오니 좌상에서 갈채하는 소리가 요란하더니 뒤미처 한 소년이 나와 단 위에 오르니, 그 소년의 나이는 이십사오 세 가량이요, 몸은 조금 파리한 듯하고 흰 얼굴에 검은 눈썹이요, 입술이 붉고 눈이 맑으며 위의당당(威儀堂堂)하여 사람이 감히 범하지 못할 듯하더라. 그러하나 다만 머리에 운동모자를 쓰고 몸에 회색 목주의를 입었으며 헌 구두를 신었으니 묻지 아니하여도 초조한 일개 서생인 줄 알겠더라. 탁자 위에 있는 유리병의 물을 찻종

에 따라 들고 여러 사람을 향하여 머리를 굽혀 예하고 바야흐로 입을 열어 말하고자 할새, 처처에서 손뼉 치는 소리가 요란한데 그 소년이 의기안한(義氣安閒)하여 조금도 급거한 사색이 없고 먼저 자기의 성명은 이태순이라 통한 후, 백 리 갈 사람은 구십 리에 그치지 아니한다는 말로 인증하되, 한 사람이 지방에 내려 갈 새 일찍 신지에 도달하려 하였더니 도로가 험하여 인력거를 마음대로 몰지 못하고, 또 중로에서 풍우를 만나 곤란함을 겪고 밤중까지 겨우 삼십 리를 갔다는 말을 하면서 홀연히 눈을 크게 뜨고 소리를 높여 가로되,

"다만 하루에 수십 리 길을 가는 사람도 오히려 이러한 일이 있으니, 특별히 십 년을 작정하고 만 리를 가려 할진대 깊이 생각하지 아니하면 되지 못할 바이라. 벌써 다섯 해를 지나도록 큰 산 한 곳도 넘지 아니하고 깊은 물 한 곳도 건너지 못하면, 이 다음 또 다섯 해 동안에 처음에 작정한 곳에 다다를 일은 생각도 못할 바라. 그러한즉 장래 우리의 협회를 확장함을 깊이 예산치 아니하면 불가할지로다."

이때 소년의 용모가 엄연하고 연사가 활달하매, 방청석에서 갈채하는 소리가 사벽을 진동하며 여러 사람의 눈이 다 소년의 얼굴로 쏘이더라. 소년이 찻종의 물을 마시고 다시 가로되,

"여러분, 연전 일을 생각하여 보시오. 우리 동포 형제 중에 신

공기를 흡수하신 신사들이 정치 사상이 간절하여 독립 협회를 창기하매, 각처의 유지하신 선비들이 서로 소리를 응하여 재조(在朝)하신 신사와 재야(在野)하신 사자를 권면하여 일심으로 단체를 결합코자 할새 풍우를 피치 아니하며 한서를 무릅써 신세의 간고함을 사양치 못하고 시사의 급업(岌嶪)함을 개탄하여 회포를 부르짖고 사회에 분주하여 근근이 협회를 창기하였으나 생각하면 마치 길 갈 사람이 처음으로 집을 떠나서 백 리 운산을 운무 아득한 중에 바라보는 것 같도다. 그러하나 세상의 무슨 일이든지 처음부터 완전함은 구치 못할지라. 오늘날 그때 성립한 회당의 형편을 생각하면 무수한 각색 폐단이 있으니, 우리나라가 근 천 년을 남에게 의뢰하던 습관을 혁파하지 못하여 독립 사상을 연구하며 자유의 권력을 양성치 못하고 다만 급거히 정부를 공격할 뿐이라. 규모를 개량치 못하면 마침내 협회의 세력이 완전치 못할지라.

태순이 비록 불민하나 그때에 극진히 협회 규모를 개량할 방침을 생각하였으니, 제1은 문벌에 거리끼지 아니하고 다만 인재를 가려 정부에 등용함이요, 제2는 널리 배운 선비와 실지 공부 있는 사람을 회중에서 망라하여 활발한 운동을 시험함이요, 제3은 허탄하여 사실의 기초가 되지 못하고 격렬하여 공격하는 성질을 포함한 언론을 금지하여 전국에 정치 사상을 일으킴이요, 제4는 회중에 과정을 나누어 입법·행정의 사물을 조사하여 어느 때든지 국가의 대사를 담당할 만한 준비를 정리함이니 회중에 이 같은 정당이 없으면 협회가 확장될지라도 실지의 이익을 보지 못하리로다.

그러하니 일시 성립되었던 회당은 공중의 부운같이 사라지고, 장래의 준비는 한 가지도 정리한 바 없이 벌써 이삼 년을 지냈으니, 이는 곧 백 리 길을 갈 사람이 겨우 이삼십 리를 가서 해가 저문 것과 같으니 지금부터 바삐 갈지라도 가는 길에 높은 산도 있고 큰 내도 있으며 혹 뜻밖에 풍우를 만남도 있으리니, 매우 주의치 아니하면 밤길을 가는 위태함을 면치 못하리로다."

이때에 갈채하는 소리가 만장일치하여 진실로 변사의 괴수가 되리라 하더라. 소년이 면상에 초창한 빛을 띠고 가로되,

"슬프다. 사오 년 전에 사방의 협회당이 벌처럼 일어나 사회 준비에 분주할새, 여러분이 그때 생각에 삼사 년이 지나면 일국이 결합하여 협회의 확장함을 보리라 하였을 터이나, 오늘날 당하여 형편을 비유할진대 백일(白日)이 서천에 기울어졌는데, 행인이 주점에서 낮잠이 곤히 든지라. 옆 사람이 흔들어도 눈도 뜨지 아니함과 같으니, 이러한즉 어느 때나 협회가 확장되리오. 사회를 성취코자 하는 자는 오늘날 먼저 전정의 방침을 정하여 운동할지니, 내가 지금 시험하여 나의 생각을 말씀하리니 여러

분은 용서하여 들으심을 바라오.

제1은 학문가와 실지가의 화동함을 구할지니, 연전에 협회가 사분오열하여 결합치 못함은 학문가와 실지가가 서로 방탄이 됨을 인함이라 장래 사회를 위하여 주의할 바요, 제2는 문벌을 지키는 부패한 사상을 버릴지니 우리는 다같이 대한 동포 형제라 문호를 교계하여 당파를 분열하는 습관을 버리지 아니하면 협회가 성립치 못할 것이요, 제3은 격렬한 언론으로 하등 인민의 열심을 감발함이 또한 사회상에 일시 방침이 될지라도 필경 결과의 후환이 되리니, 십분 주의하여 보통 지식으로 인도할 것이요, 제4는 오활한 의논을 물리치고 실지 사업을 힘씀이 금일의 급무가 될지니 민정을 익히 알며 세계 형편을 두루 살피고 법률 제도와 군정·경찰과 철도·전신까지 실지로 조사치 아니하면 협회가 설립될지라도 정치를 개량치 못하리니, 여러분 오늘날부터 이 네 종목을 주의하여 날이 저물고 길이 먼 한탄이 없게 함을 바라노라."

이같이 열심하여 연설을 마치고 여러 손님께 경례한 후 단에서 내리매 만당에서 박수하는 소리가 그치지 아니하더라. 인하여 간사원이 단 위에 나와 말씀하되, 하상천 씨는 병으로 출석치 못하기로 그만 폐회를 고한다 하거늘, 수백 명이 일시에 나갈 새 회관 문 앞이 개미 떼가 구멍으로 나오는 것 같더라.

제3회

"소진이 진왕을 달래어 열 번이나 상소하되, 그 말을 듣지 아니하는 고로 검은 갓옷이 하얘지고 황금이 다하여 객비가 핍절하매, 서책과 행장을 이끌고 고향에 돌아가니 형용이 초췌하고 면목이 가중하여 부끄러운 빛이 있는지라. 그 아내는 베틀에 내리지 아니하고 제수는 밥을 짓지 않으며 부모는 접어하지 아니하는지라. 소진이 위연히 탄식하고 그날 밤부터 서책을 뒤져 강태공의 음부경을 내어 읽을 새 잠이 오면 송곳으로 다리를 찔러 피가 흘러 발등까지 내려오며 왈, '어찌 임금을 달래어 부귀와 공명을 얻지 못하느뇨.' 하더니, 일 년 만에 공부가 성취한지라. 이로 좇아 능히 당시 임금을 달래었도다."

하면서 탄식하는 한 서생이 전국책을 읽을 새 아프고 간절한 사정이 마음을 감동시키니 이는 진실로 유명한 글이라.

소진이 고심하던 모양을 그려 내었도다. 다만 세 치 혀로서 한 세상을 놀래고 움직이던 호걸로 처음에 부녀에게도 업수이 여김을 받아 큰소리를 못하였으니 가엾도다.

인정이 고금의 다름이 어찌 있으리오. 이렇듯 너른 세상에 나의 뜻을 아는 자가 없어 이때까지 무슨 일이든지 실패하여 객주 주인에게도 식채를 지고 큰소리를 하지 못하니 이는 진실로 개탄할 바이로다.

그러하나 간고함은 장래 대업을 이루는 근본이어니와, 아직 세상에 이름을 나타내지 못하고 공명이 지완(遲緩)하여 부모에게 수다한 걱정을 끼침은 불초함을 면치 못할 바라 하여 근심에 잠겼다가 다시 두루쳐 생각하되 이만한 일을 어찌 억제치 못하리오.

소진도 일시의 곤란을 겪으며 뜻을 가다듬어 필경 육국 상인을 허리에 띠었다 하니, 나도 재주와 담력을 가지고 신고를 견디어 큰 사업을 성취할지니, 속담에 이르되 '고진감래'라 하고 '궁한즉 통한다.' 하니 좋은 때 돌아오기를 기다릴지로다 하면서 책상을 의지하여 탄식도 하며 신음도 하니 이는 곧 독립관에서 연설하던 이태순이라.

사오 칸쯤 되는 객주집 아랫방에 낡은 자리는 군데군데 하얘지고 창살이 바람에 울리며 햇빛은 내려쪼이는데, 상 위에 서양 서적 육칠 권과 당판책 오륙 질을 여기저기 벌여 놓고, 그 옆에 보던 편지 휴지는 산란히 흐트러져 있으며, 상자 위에 입던 옷을 걸쳐 놓고 연상에는 모지라진 붓 두어 자루를 필통에 꽂아 놓고, 붉은 담요 하나를 네 가닥으로 접어 깔았으니, 이는 매우 간난한 객줏집 본색인 줄 가히 알겠더라.

마침 밖에서 찾는 소리가 나며 문을 열고 들어오니, 이는 전성조라 하는 친구라. 양복을 선명히 입고 시곗줄을 길게 늘이고 눈을 크게 떠 사방을 둘러보다가 앉으며 예하거늘, 태순이 황망히 답례하며 가까이 앉음을 청하고 아이를 불러 화로와 차를 가져오라 하니 성조가 가로되,

"차는 제례하고 이야기나 하세. 일전에 자네가 한 두 번 연설은 세상에 매우 소문이 났네. 자네는 학문도 넉넉하거니와 언사도 잘하니 진실로 부럽네. 그전에 회관에서 연설할 때 두 번이나 어떠한 계집이 자네 얼굴만 유심히 보기로 정녕히 자네와 상관이 되었다는 소문까지 있데."

태순이 정색하며,

"나는 어느 계집이 왔던지 부인이 왔던지 자세히 여겨보지도 아니하였노라."

성조가 웃으며 가로되,

"자네인들 그러한 미색이 눈에 들지 아니한단 말인가?"

태순이 대답하되,

"내가 비록 용렬하나 연설장에서 부인에게 마음을 두는 정신 없는 사람은 아니로다."

하면서 기색이 불평하거늘 성조가 얼굴이 붉으며,

"자네가 상관하였다는 말이 아니요, 그 여자가 자네를 욕심 내어 상관코자 하는 모양이라 하는 말이나 그 말은 그만두고 자네 무슨 근심이 있는지 아까부터 안색이 불평하니 어쩐 연고이뇨?"

태순이 대답하되,

"근심이라 할 것은 없으나, 조금 관심 되는 일이 있도다."

성조가 웃으며 이르되,

"불평한 것은 유지한 사람의 떳떳함이라. 지금 세상에 충분히 있는 남자들이 누가 국사에 대하여 강개하고 통분치 않으리오마는, 특별히 자네 같은 유지한 남자는 쓰이지 아니하고 용렬한 무리들이 양양자득함은 진실로 거꾸로 된 일이나, 필경 자네 같은 사람은 뜻을 이룰 기회가 멀지 아니하리로다."

하면서 가장 강개한 체하여 태순의 안색을 살펴보거늘, 태순이 태연히 마음을 움직이지 아니하고 웃으며 가로되,

"나의 불평함은 자네가 말한 바가 아니로다."

성조가 다시 묻되,

"그러할진대 무슨 불평한 일이 있음이뇨?"

태순이 대답하되,

"이는 이야기하기도 도리어 용졸하여 말하기 어렵도다."

성조가 가로되,

"자네 일이야 무슨 일이든지 나를 대하여 말 못할 바가 어디 있으리요. 나라도 도울 만한 일이 있을진대 진력할지니 듣기를 원하노라."

태순이 추연히 말하되,

"나도 사방에 표박하여 아무 일도 이룬 바 없고 세월만 헛되이 보내며 경성에 온 후로부터 서책을 번역하여 생계를 하더니, 지난달에 근대사 초권을 어느 서관에서 출판할 차로 가져가더니, 아무리 재촉하여도 번역비를 보내지 아니하여 지난달부터 식가를 갚지 못하였기로 아까도 주인에게 불쾌한 말을 듣고 심화가 나는 중에 마침 시골집 편지를 보니, 양친이 나의 직업 없음을 걱정하여 벼슬이 되지 아니하거든 하루라도 바삐 내려오라 하셨으니, 오늘날을 당하여 대답할 말씀이 없으며 번역하여 책권이나 만들면 혼자 생계는 되나, 연로하신 양친을 봉양할 도리가 없으니 이로 걱정이로다."

성조가 머리를 긁으며 가로되,

"자네도 양친이 계셔 매사를 간섭하시는 모양이나 우리 부형들도 완고하셔서 참 민망하여 견딜 수 없네. 나의 소소한 월급량이라도 돈을 좀 보내어라, 집에나 좀 다녀가거라, 별말씀을 다 하시니, 원래 사십 이후의 사람들은 세상 형편을 모르기로 장성한 자식을 어린아이와 같이 신칙하여 진퇴를 마음대로 못하게 할 뿐 아니라 가만히 들어앉아서 자식의 봉양이나 받으려 하는 모양일세. 자네도 아는 바 서양서는 부모가 자식에게 재산을 전하여 주는 일은 있으나, 자식이 부모를 들여앉히고 공급하는 규모는 없지 아니한가. 자네도 사회를 개량코자 하는 사람이 말이로세."

하면서 의기양양하여 지껄이거늘 태순이 잠잠히 앉아 듣다가 오래간만에 가로되,

"자네 말은 나의 마음과 같지 아니하도다. 서양 풍속이라고 어찌 다 아름다우며 우리나라 풍속이기로 다 악하리요. 마땅히 그 긴 것은 취하고 짧은 것은 버릴지라. 부자의 관계는 우리나라에서 순실한 도덕을 주장하여 극히 아름다우나, 법이 오래면 폐가 생김은 면키 어려움이라. 근래에 부모가 자녀를 노예같이 대하여 완고한 구속으로 전정을 그르치는 것은 거세가 일반이라. 사회상 발달에 방해가 되게 하니 우리가 마땅히 진력하여

이 폐단을 없이 할 터이나, 이 일을 행코자 할진대 차서가 있어 천륜을 상치 말며 감정이 없도록 할 바이니 우리 부모들은 아직 동양에 전하여 오던 습관을 당연한 바로 아는데, 자식들은 서양 풍속을 홀지에 행코자 하면 피차의 생각이 같지 아니하여 가정의 풍파를 일으키고 천륜의 친애함을 잃어버릴지라. 하물며 우리를 아이 때부터 부모가 구로함을 모르고 양육하심은 우리가 장성한 후 만년에 재미를 보고자 하심이어늘, 만일 나의 한 몸만 생각하여 부모를 돌아보지 아니하고 곧 서양 풍속을 가정에 행함은 무리한 일이오. 우리는 자식을 두거든 저의 임의로 직업에 나아가게 하고 우리는 자기의 재산으로 몸에 맞도록 생계함이 당연하나, 동양의 습관을 당연한 법리로 아시는 부모에게 서양 각국의 규모를 행코자 함은 불가한지라. 오늘날 서양 아름다운 풍속에 한 지아비가 한 지어미를 거느리는 규모도 본받지 못하고 문명이니 개화니 하여 부모의 은덕을 먼저 저버리고 돌아보지 아니하는 자도 많이 있으나, 부모도 모르는 사람이 어찌 사회상에 열심하여 몸을 잊어버리리오."

하면서 언론이 창쾌하거늘, 성조가 마음에 생각하되 부질없는 말을 내가 하였다 하면서 외면으로는 그러하지 않은 체하고 대답하되,

"지금 자네 말을 들으니 나도 비로소 꿈을 깨달은 듯하거니와

자네는 참 효자이로다. 그러하나 지금 자네 말도 사회를 위하여 몸을 잊어버린다 하니, 자네는 양친이 계셔도 부득이한 경우를 당하면 나라를 위하여 몸을 버릴 결심이 있는가?”

태순이 그 말을 듣더니 한참 주목하여 성조를 보다가 가로되,

“이는 별로이 물을 바 아니라. 나도 사회를 조직하여 세상에 행복히 될 바 있을진대 몸을 버리더라도 사회를 위하여 힘을 다할지니, 구구히 목전의 간고함을 두려워하면 자손을 위하여 행복의 사회를 설립치 못하리니, 나도 대담은 못하나 사회에 나간 후에는 아무리 불행한 일을 만날지라도 뜻을 변치 아니할지며, 부모도 응당 허락하시리로다. 근일에 유지 있다는 사람도 믿기 어렵도다. 처음에는 매우 여심하다가 필경은 목적이 변하여 반대하는 자도 적지 아니하니 어찌할 수 없도다.”

성조가 그 말을 듣더니 가장 열심을 내는 듯 가까이 앉으며,

“참, 자네 말대로 연전에 협회당이라도 떠들던 사람의 이허를 파 보면 결심이 조금도 없어 목숨만 돌아보는 고로 대사를 이루지 못한지라. 소홀히 사회를 개혁코자 함은 부질없는 일이로다. 우리도 여간 운동으로는 목적을 달치 못하리니 결사당을 조직하여 비밀한 수단을 쓸 수밖에 없네.”

태순이 정색하며,

“이 사람 떠들지 말지어다. 자네 말 같을진대 과격한 수단을

좋아하나, 나는 공론을 좇아 정치를 개량함이 합당하노니 앞뒤를 돌아보지 아니하고 낭패스러운 일은 단정코 할 바가 아니니라."

성조가 홀연히 얼굴이 붉으며,

"자네는 고식지계만 함이로다. 우리가 진실한 자유 권리를 확장코자 하매 범상한 수단으로는 되지 못하리라."

태순이 가로되,

"자네도 연전 협회당에서 하던 말을 또 하나 깊이 생각하여 볼지니, 전국에 순검과 병정이 편만하여 민간에 아무리 불평한 일이 있을지라도 세력으로 별안간에 정부를 항거치 못하리니, 원래 사회라 하는 것은 강한 자가 이기고 약한 자가 패할지라. 정치가로서 자담하는 자는 정치 권리를 바라지 아니할 자가 없을 것이요, 정부에 있어 지위를 얻은 자는 권력을 유지하여 타인에게 빼앗기지 아니하도록 주의할 바요, 사회 중에서도 뜻을 얻은 자는 기회를 타서 정권을 잡으려 함은 곧 생존 경쟁을 하는 자연한 형세라. 서양 각국 정치도 다만 이 경쟁하는 세력만 있을 뿐이요, 실상 이치는 아무것도 없다 할지로다. 또 전제 정치를 쓰는 나라는 입헌 정치와 같지 아니하여 그 지위를 당한 자가 기초를 공고히 하고 성벽을 견코케 하매, 인민이 용이히 경쟁치 못하나니 정부에서는 임의로 법률을 지으며 임의로 조세를 받고 병정과 순검도 다 정부의 지위를 좇아 동하는 고로 위험한 수단으로 정부에 항거하는 자를 제어하기 용이하니, 대저 하회 주장을 장담하는 자가 깊이 주의할 바이로다.”

성조가 가로되,

“세상에서 그대는 사회상에 격렬한 마음과 수단이 있는 사람으로 지목하더니, 지금 그대가 말하는 바를 들은즉 실상은 그러하지 아니한 듯하며, 자네 말과 같을진대 세상일을 다 정부에 맡겨 두어도 좋을 것 같으나 오늘날 형편을 보면 장래 사회가 어찌될는지 듣기를 원하노라.”

태순이 답 왈,

“인민이 분발한즉 국가의 유지자가 될 것이요, 공론이 균일한즉 완전한 협회가 되리로다.”

성조 왈,

“그대의 말을 짐작하나 회원들이 다 그대 마음과 다름이 없다 하는지 듣기를 청하노라.”

태순이 이윽히 생각하다가 가로되,

“하상천은 권모가 있어 그 마음을 헤아리기 어려우나 시세 형편을 보는 재주가 있으니 아니 될 일을 할 이치는 없거니와, 다만 재물에 정신을 잃어버림은 흠절이요, 문전철은 정직한 사람이나 언론이 너무 황당하여 심려할 바이로다.”

성조가 홀연히 무슨 일을 생각하는 모양으로 시계를 내어 보며 가로되,

"벌써 네 시가 지났도다. 오늘 세 시 반에 남문밖에 나가기로 문전철과 언약하였더니 이야기에 팔린 바가 되어 잊어버렸도다. 오늘은 해공을 많이 시켜 불안하노라."

하고 즉시 몸을 일으켜 나갈새 태순이 문밖에까지 따라 나가 전송하고 들어와 앉아서 혼잣말로,

"그 사람이 학문은 없으나 두루 박람한 일이 있어 모르는 일이 없기로 사귈 만한 벗이라 하였더니, 오늘 하던 말 같을진대 불량한 사람이라. 대저 전후를 헤아리지 아니하고 남을 선동하기만 좋아하는 자는 가까이할 바 아니어니와 회중에도 아마 전성조와 같은 사람이 많이 있으리로다."

하더니 별안간 문밖에 인적이 있으며,

"서방님 계시오?"

하는 소리에 태순이 놀라 안색이 변하더라.

제4회

　서방님을 찾으며 들어오는 사람은 그 집의 주인인 구두쇠라 하는 자라. 나이는 사십오륙 세가량이요, 얼굴은 몹시 얽고 찌그러져서 꿈에도 보고 싶지 아니한 상판에 거무충충한 무명 두루마기를 입고 단상투 바람으로 주제넘게 태순의 앞으로 와락 대들어 앉으며 쌈지를 끄르더니 장죽을 딱딱 떨면서 태순의 얼굴을 쳐다보고 하는 말이,

　"서방님은 아마 나더러 야속하다 할 터이나 나도 군색하여 또 재촉하오. 아까 말씀하던 것은 어찌할 터이오?"

　태순이 불안한 빛을 띠고 대답하되,

　"자네 볼 낯이 없으나 수일만 기다리면 책값이 생길 터일세."

구두쇠가 껄껄 웃으며,

"서방님, 요사이 책값, 책값 하시니 언제나 되겠소. 우리 아는 사람에도 책 만드는 사람이 있으나 요사이 매매가 없어서 아무리 좋은 책이라도 팔리지 아니한다 합더이다. 내가 수년 밥장사를 하기로 서생들을 많이 지내보았으나 처음은 집에서 객비도 보내고 동향 친구의 주선도 있어서 이삼 삭은 어찌하든지 밥값을 잘 주다가 차차 건체되어 셈을 내지 못하고 도망하여 간 곳도 모르는 사람이 얼마인지 모르겠소. 서방님은 그러할 이치는 없으나 나도 옹색하여 언제까지든지 기다릴 수는 없으니 오늘은 절반이라도 주지 못할 터이면 아무리 불안하나 갚을 돈을 보증 얻어 세우고 다른 데로 가시오."

태순의 안색이 붉으며,

"주인의 말이 당연하나 어느 친구에게 부탁한 일이 있으니 아무리 염치는 없으되 잠시간 기다리기를 원하노라."

구두쇠가 품에서 치부책을 내어놓으며,

"서방님, 이것 좀 보시오. 처음 오실 때에 한 달에 오 원 오십 전씩 하는 밥값을 특별히 오 원씩 작정하고 정결한 처소를 가리어 드렸더니, 지난달부터 식가도 받지 못하고 손님 대접한 주육값도 먼저 치르고 우표값까지 합하여 팔 원 구십육 전이오니, 물가도 비싸며 집세도 물 수 없고 또 근래는 청결부 비도 대단하여 잠시 견딜 수 없으니 아무 주선을 하든지 식가를 지금 주시오.”

하며 욕설이 나올 듯하니, 태순이 일변으로는 분연하나 빚진 죄인이 되어 대답치 못할 경우를 당하매 연설장에서는 수천 인을 일시에 감동하는 구변으로도 아무 말도 못하고 심중에 분함을 억제하여 좋은 말로 대답하나, 구두쇠는 얼굴이 푸르락붉으락하면서 무엇이라고 지껄이는데, 마침 그때에 가만히 문을 열고 들어오는 사람은 이 집에서 사역하는 계집아이인데 이름은 금년이요, 나이는 십육칠 세쯤 되고, 의복은 화려치 아니하나 사람됨이 영리하고 얼굴도 그다지 밉지 아니한 모양으로 손에 편지를 들고 태순의 앞에 나아와,

“서방님, 어디서 편지 왔삽나이다.”

태순이 편지를 받아 보니 겉봉에 하였으되, ‘이태순 선생 여차 입납 무명씨 상장’이라 하였더라. 태순이 마음에 이상히 여겨 편지 봉을 떼어 보니, 백지 별봉 하나가 무릎 위에 떨어지고 그 별봉에 썼으되, ‘금자 삼십 원’이라 하였더라.

태순이 그 까닭을 알지 못하나 편지를 펴 보니 자획도 기발하고 사연도 능란하니 그 글에 하였으되,

슬프다. 대장부가 세상에 나서 몸을 버려 나라에 허락함은 떳

떳한 일이라. 그대의 근본 뜻을 이룸이 머지 아니할지니 목전에 군색함을 근심 말지어다. 무례함을 돌아보지 아니하고 별봉을 바치나니 지금은 아직 나의 종적을 명백히 말씀하지 못할지라. 부득이하여 모르게 보내오니 다른 날 의심 구름이 걷고 청천백일에 한 가지 담화할 때가 있으리니 타인에게 보이지 말기를 원하노라.

태순이 두세 번 편지를 펴 보아도 누구의 편지인지 알지 못할지라. 별봉을 떼어 보니 과연 지폐 삼십 원이 들었거늘, 심히 이상히 여겨 한참 눈썹을 찡그리고 앉았다가 금년을 불러 묻되,

"이 편지가 어디서 왔다 하며 그 하인이 있거든 자세히 물어 보아라."

금년이 고하되,

"어디서 왔는지 알지 못하나 하인은 인력거꾼 같은데 편지는 두고 간다 하고 즉시 어디로 갑더이다."

태순이 하릴없이 다시 편지를 보니 아무리 하여도 보지 못하던 글씨라. 문장이 간단하고 사의가 극진하나 누가 보낸 것인지 조금도 생각이 나지 아니하는데, 이때에 구두쇠는 우두커니 옆에 앉아서 그 동정을 보더니 큰 입이 떡 벌어지며,

"서방님, 알지 못하는 사람에게서 돈이 왔단 말씀이오? 참 희

한한 일이로소이다.”

　태순이 가장 엄전한 목소리로,

　“글쎄, 받는 것이 옳을지 모르나 나의 성명이 씌었으니 아마 잘못 오지는 아니한 것이로다.”

　돈 봉지를 구두쇠 앞으로 던지며,

　“이 속에서 식가를 제하라.”

하니 구두쇠가 한없이 기꺼워하며,

　“서방님은 참 영웅이로소이다. 성명을 숨기고 금자를 보내옴은 세상에 없는 일이니, 서방님은 젊으신 터에 공부를 잘한다 하고 우리 집안사람들이 칭찬하오며, 연설도 잘한다 하여 세상에 소문이 있으니, 공명(功名)을 이루실 날이 머지아니하리로소이다.”

하더니 금년을 불러 이르되,

　“안에 들어가 차를 가져오너라. 화롯불도 꺼졌다. 벗어 놓으신 의복은 저렇게 내어버려 두는 법이 있느냐. 좀 개켜 놓아라.”

　이렇듯 별안간 공손하여지니 지전의 효력이 태순의 권리보다 나음을 가히 알 터라. 구두쇠가 지폐를 세면서,

　“서방님, 지난달 식가 오 원만 먼저 가져가오니 나머지는 월말에 셈하옵소서. 그런데 서방님께 여짜올 말씀이 있으되 이때까지 잊어버렸습니다. 서방님도 아시는 바 저편 방에 있던 학도

가 지난달 시골에 갈 때 밥값을 내지 못하여 책을 오륙 권이나
두고 갔는데 값도 매우 헐하오니 사 보시지 아니하려나이까.”

태순이 이르되,

“한적중이 보던 책이면 좋은 책일 듯하니 잠시 보기를 바라
노라.”

구두쇠가 지전을 싸 갖고 들어가더니 낡은 책 칠팔 권을 갖다
놓는지라, 그 제목을 보니 정 다산의 문집 네 권과 일어 국민 독
본 두 권과 일영 자전 다이아몬드 한 권이라.

“이 책은 하나도 나에게 쓸 것 없으나 문전철이라 하는 친구
가 다이아몬드라 하는 책을 구하니 오십 전이면 사 두었다가 줄
까 하노라.”

구두쇠가 책을 집어 들고 가로되,

“서방님, 보십시오. 이렇게 참깨 같은 글씨도 읽을 수 있삽나
이까? 아까 서방님 무슨 책이라 하셨던지요?”

태순이 웃으며,

“다이아몬드라 하는 옥편일세.”

하며 벼룻집을 열고 주지를 내어 편지를 쓸새 구두쇠는 다른 책
을 정리하며,

“다이, 다이너마이트 이것 외에는 사지 아니하시나이까?”

태순 왈,

"아직 이 책밖에는 아니 사겠네. 아차, 잘못 썼다. 주인이 옆에서 다이너마이트라 하기로 편지에도 다이너마이트라 썼네. 다이너마이트를 샀다 하면 폭동당으로 알게? 고쳐야 하겠다."

하고 대여섯 글자를 흐리고 다시 써 편지를 봉투에 넣고 왈,

"주인이 어찌 다이너마이트라 하는 것을 아는가?"

구두쇠가 대답하되,

"지난번에 집에 있던 손님들이 신문을 보다가 다이너마이트를 맞추었다 하던 그 소리가 귀에 젖었사오이다."

태순이 웃으며,

"다이너마이트는 폭발약이라는 것일세. 주인, 수고스럽지마는 이 편지를 우체통에 넣고 금년을 시켜 불을 켜게 하라."

하더라.

옛말에 하되, 화복이 뜻밖에 나온다 하더니, 이때에 태순이 장차 액운을 만남이 지금 켜는 등불에 바람이 불어오는 것 같아 귀신의 능력으로도 면치 못할 바더라.

제5회

"하상천이, 그만 일어나지 아니하나? 잠도 한이 있지 벌써 아홉 시가 되었네."

하는 소리에 한낱 서생이 이불 속에서 고개를 들고,

"아, 어제 저녁에 늦게 잤더니 매우 곤하다. 자네 어느 때에 왔던가. 아주 몰랐네."

"여보게, 일어나게. 오늘 신문에 큰일 났네."

"또 사람을 놀래고 나중에 깔깔 웃으려고?"

"아니, 거짓말이 아닐세. 이 신문 좀 보게."

서생이 신문을 집어 보니 제목에, '양 씨 구류'라 하였는데, 근래 독립 협회 중에 유명한 이태순 씨는 작일 오전 열 시에 상동 여관에서 잡히고, 문전철 씨는 일본에 유학할 차로 부산까지 가서 윤선 회사에서 잡혀 경성 경무 북서로 보내었다는 풍설이 있는데, 그 내용인즉 이상한 서찰이 있어 국사범에 반연이 있는 듯하다 하나 지휘가 분명치 못하다 하였더라. 하상천이 눈이 휘둥그레지며,

"이는 참 이상한 일이로다. 그러나 요사이 전성조가 이태순·문전철의 종적을 탐지하는 모양이더니, 무슨 사건의 증거가 있는 듯하니 자네도 자세히 모르나?"

"아니, 나도 지금 신문만 보고 왔으나 송군서는 자세한 일을 알겠지. 송군서가 어젯밤에 늦게 오더니 일어났는지?"

건넌방을 향하여 송군서를 부르며,

"여보게, 자네 이태순·문전철의 일을 들었는가?"

"글쎄, 나도 어제 저녁에 그 두 사람 구류된 말을 듣고 놀라워서 친한 신문사에 가서 알아보니 풍설로는 알지 못하고 다른 곳에서 적실한 듯한 말을 들으니, 태순이 전철의 부탁을 듣고, 폭발약을 샀다든지 맞추었다든지 증거할 필적이 있다 하니, 그것이 진실한 말 같으면 걱정일세."

문전철은 권력이 있는 사람이라 하니 그런 일도 괴이치 아니하나 이태순은 학자라 평생에 근신하여 황잡한 일이 없기로 유명한 사람이니 어찌 그러한 생각이 있을 줄 알았으리오. 대저

사람이라 하는 것은 외양으로는 알지 못하겠다 하고, 여기저기 두 사람의 소문을 탐지하여도 적실한 일은 아는 자가 없더라.

이때에 이태순은 오월 열흘날 아침에 볼일이 있어서 출입하려 할 즈음에 난데없는 순검이 형사를 데리고 와 국사범의 반연으로 잡힌 문적을 보이고 인하여 북서 경무청으로 가더니, 그 후에 순검이 다시 와서 그 여관 주인을 불러 세우고, 그 여관하였던 방에 들어가서 책을 수탐하여 가니라, 이태순은 작죄한 일이 없으니 무슨 연고인지 알지 못하여 의혹 중 취수하여 있다가 문초하는 마당에 불려 나아가니, 책상을 앞에 놓고 경무관 세 사람이 엄연히 교의에 걸터앉았고 상 위에 필연과 허다한 문부가 쌓여 있더라. 가운데 앉은 그중 강포하여 보이는 경무관이 태순을 보고 그 문벌·직업과 평생 교제하던 친구의 성명을 자세히 물으며,

"금월 2일에 문전철에게 편지한 일을 생각하는가?"

태순이 이윽고 답 왈,

"2일이던지 3일이던지는 기억치 못하나 월초에 문전철에게 편지한 일은 있나이다."

"그러할진대 무슨 일로, 편지는 무엇이라 하였던지 생각하는가?"

"편지에 별 말한 바는 없고 문전철이 부탁하던 서책을 사 두

고 통기하였노라."

경관이 빙긋이 웃으며 왈,

"그뿐 아니라 전철더러 무슨 일을 결심하라 권하지 아니하였느뇨?"

태순이 고개를 기울이고 한참 생각하다가,

"지금 물으심을 인하여 생각하니 전철이 일본에 유학코자 하나 회중에서 만류하는 자가 있다 하기로, 남의 말로 중지하지 말고 속히 결심하여 유학하라 하였나이다."

경관 왈,

"그러하면 사 두었다 하는 것은 무슨 물건인고?"

"매우 조그마한 영어 옥편이로소이다."

그 경관이 동관들을 돌아보고 소곤소곤하더니, 책상 위에 있는 편지 한 장을 내어보이며 왈,

"그래 이 편지를 아는가?"

태순이 받아 보니 구기고 찢어져 헌 휴지가 되었으되 분명히 자기의 필적이라. 그 글에 하였으되,

삼가 묻노니 인간의 형체가 만왕하시며 유의한 일은 친구의 이론을 듣지 말고 속히 결심하기 바라노라. 형의 구하는 다이아몬드를 사서 놓았기 기별하노라. 여불비상(餘不備詳).

제6회

태순이 보기를 마치더니, 이 편지는 분명히 자기가 문전철에게 부친 편지라 하고 경관에게 도로 주니 경관이 정색하여 왈,

"그러할진대 책을 샀다 함은 뒷감당도 못할 거짓말이로다. 친구의 이론을 듣지 말고 결심하기를 바라노라 하였고, 먹으로 흐린 곳을 비쳐 보매 다이너마이트라 한 글자가 분명히 보이거늘, 그 옆에 다이아몬드라 고쳤으나 그대가 여관에 있는 일개 서생으로 이 같은 위험한 물건을 사 무엇하려 하였느뇨?"

하며 가장 엄숙히 질문하거늘, 태순이 조금도 굽히지 아니하고 껄껄 웃으며 왈,

"전후 사단은 모르고 이 편지만 보면 의혹되기 괴이치 아니

하나 결심하라 함은 아까 말함과 같이 일본 유학함을 말함이요,
다이너마이트라 함은 잠시 그릇 썼기로 고쳐서 쓴 일이오."

다이아몬드는 영어 옥편의 이름이라 하여 그때 하던 형편 말
을 자세히 하여 가로되,

"사정이 의심될진대 문전철과 여관 주인까지 불러 대질하면
명백하리이다."

하며 변설이 도도하여 흐르는 물 같은지라, 경관들이 서로 보며
이윽히 말이 없더니 또 일봉 서찰을 내어보이며 왈,

"이 편지는 어디서 왔더뇨?"

태순이 받아 보고 또한 그날 무명씨의 돈을 보낸 편지라 하니
경관들이 냉소하며,

"성명도 모르는 사람이 돈을 보내면 받기 어려울 것이요, 또
그 편지 사연을 볼진대 전부터 교제가 있어 그대의 마음을 익히
아는 모양이라. 편지에는 무명씨라 하였으나 그대는 짐작하리
로다."

태순이 대답하되,

"이 편지의 문장은 연숙하나 필법이 잔약한 곳이 있어 부인의
글씨 같기로 나도 지금껏 이상히 여기나이다."

가운데 앉은 경관이 일러 왈,

"오늘 문초는 이만 그칠 터이나 그대에게 이를 말이 있노니,

이 편지 출처를 그대도 정확히 변명치 못하고 문전철에게 가는 편지도 또한 비상하니, 비록 먹으로 흐렸을지라도 국가의 법전으로 그 직업하는 자가 아닌데, 폭발약이 손에 들어왔다 하면 경관이 엄중히 조사를 아니치 못할지라. 아직 감옥서에 가두어 두리니 그리 알지어다.”

태순이 깜짝 놀라 무엇이라 말하려 한즉 경관이 다시 가로되,

“이는 본관의 권한으로는 아니할 말이나, 그대는 매우 세상에 명망 있는 자로 정부에 대하여 만족치 못한 사상으로 무슨 운동을 하다가 실패하였으니, 차라리 숨기지 말고 명백히 토설함이 대장부의 일이거늘 어찌 소인과 필부같이 거짓말을 하다가 이후 사실이 탄로나면 자기 양심을 저버릴 뿐 아니라, 세상에 대하여 일후까지라도 부끄럼을 면치 못하리니, 증거물을 잡고 보증인에 대하여 조사하는 마당에 아무리 발명한들 어찌하리오. 익히 다시 생각하여 보라.”

하며 은근히 달래고 알아듣게 타이르니 이는 국사범에 경력 있는 경관이라, 태순이 작죄함은 없으나 혐의쩍은 형적이 있어 일시에 발명키 어려울지라. 하릴없이 옥사장을 따라서 감옥서로 들어가니라.

경성에 미결수 죄인을 가두는 감옥서가 서소문 안에 있으니 사방으로 겹담을 둘러쌓되 높기가 하늘에 닿을 듯하고 그 속이

사방 입 구 자로 되었는데, 한가운데 둥근 방은 간수인의 처소요, 죄인 있는 방은 좌우로 다하여 사십 칸이 있으되 나무로 판장을 하고 전면에는 우물 정 자 문을 하여 닫고 큰 자물쇠로 채웠고, 후면에는 높기가 다섯 자는 되는 곳에 유리창을 노끈으로 매어 개폐를 하고 그 안에 쇠난간을 쳤다.

방마다 한편에 뒷간을 만들었으되 밤에도 등불을 켜지 아니하여 지척을 분별치 못하며, 엄동설한에도 불을 때지 아니하고 담요 하나로 춥고 긴 밤을 지내며, 북풍받이에 유리창으로 눈이 날려 들어오매 수족이 얼어 터지고, 삼복염천에는 조금도 바람이 통치 못하며 남향한 방은 철창으로 일광이 내려쪼이되 피할 곳이 없어 가마에 찌는 듯하고, 간수인은 양복을 입고 칼을 차고 엄연히 교의에 걸터앉은 형상은 염라대왕으로 보이고, 옥사장은 검정 털요를 뒤집어썼으매 죄인들의 눈에는 귀신인가 싶고, 병인이 신음하는 소리는 죽은 사람이 부르짖는가 의심하니, 이는 진실로 살아서 지옥에 빠졌다 할러라.

서양에서는 전에는 이러하더니, 벤담이라 하는 사람이 나서 옥을 짓는 법과 죄인을 두는 법을 개량하매 각국이 다 본받아 일신히 개량하고 인하여 그 후로 죄인도 감성되었다 하니, 우리나라도 급히 옥을 개량함이 좋으리로다.

이때는 오뉴월이라 수일 장마가 그치지 아니하고 음음한 안

개가 창으로 들어오매 죄수의 의복이 누습하고 처량한 처맛물 소리는 사람의 창자가 끊어질 듯한데 슬픔을 머금고 잠잠히 앉았는 소년은 이태순이라. 홀로 이윽히 생각하되, 내가 평생에 정치가가 될 뜻으로 사방에 분주하다가 사업을 이루지 못할 뿐 아니라 일조에 조심하지 못함을 말미암아 옥중에 들어왔도다.

그날 함께 잡혀 온 문전철과 구두쇠는 어찌 대답하였는지 적연히 모르나, 만일 변명이 되지 못하면 경하더라도 삼사 년 금고를 당할지니, 이렇듯 언약한 몸이 옥중의 귀신을 면치 못할지라. 수년 전에 기회 있을 때 장 씨 집 데릴사위로 갔다면 이러한 횡액은 당하지 아니하였으리로다. 양친이 이 몸의 화난 만남을 들으시면 오죽 걱정하시리오. 옛말에 빠른 바람에 굳센 풀을 안다 하였으나, 또 높은 가지가 부러지기 쉽다는 말도 있으니, 슬프다, 아무리 천질이 강명한 사람이로되 옥중의 고초를 이기지 못하면 굳센 마음이 자연 사라지고 눈물이 흐르는도다.

제7회

높은 산이 아아(峨峨)하여 창취를 머금고 산하에 간수가 쟁쟁하여 폭포를 이루었고, 산상의 유명한 백운대는 하늘에 꽂힌 듯하고, 그 아래 북한사라 하는 절이 있어 누각이 나는 듯하며, 아래로 만호장안을 임하여 경개도 절승하고 수석도 기이하므로 가인재자가 낙역부절하여 구경함을 마지아니하더라. 이때는 칠월 망간이라. 한편에 있는 승방을 치우고 조용히 앉아 글을 읽는 사람은 어떠한 사람인지 얼굴은 주렴에 가리워 보이지 아니하고 청아한 글소리만 폭포성을 화답하여 은은한 풍편에 들리는데, 한편 누상에서 아무 생각 없이 귀를 기울이고 앉았는 사람은 한 서생이라. 군산 가을밤에 육방옹이 병서를 읽는가,

여산 깊은 곳에 이태백이 쇠공이를 가는가, 양양한 저 글소리가 옥패를 부수는 듯하여 비량한 나의 회포를 적이 도웁는도다. 이 모양으로 혼잣말로 하면서 누하에 내려 절에서 밥을 짓고 있는 노파를 불러 조용히 묻되,

"저 초막에서 글을 읽는 사람이 누구라 하던가?"

노파 가로되,

"일전부터 어떠한 부인이 소저를 데리고 와 계신데, 그 소저의 나이가 십팔구 세나 되어 보이고 얼굴도 어여쁘고 인품도 온화하거니와 글을 좋아하여 잠시도 쉬지 아니하고 읽나이다."

서생이 머리를 끄덕이며 가로되,

"함께 와 있는 부인은 그 소저의 어찌되는 부인이라 하던가?"

노파가 대답하되,

"그 부인은 어머니인지 숙모인지는 모르나 오십여 세가량이나 된 부인이더이다."

서생이 탄식하되,

"우리나라 교육 정도가 아직 발달이 못 되어 부인은 고사하고 남자도 열심히 공부하는 자가 드물거늘 어떤 규수가 저렇듯 사상이 고명한고."

노파가 듣다가 웃으며,

"그 소저는 서방님을 아는 것 같더이다. 저녁에 서방님이 오

실 때에 소저가 사립문에서 내다보다가 반기는 빛이 얼굴에 나타나고, 또 어떠한 사진 한 장을 손에 들고 보는데 흡사한 서방님 모양이더이다.”

이때 노파와 수작하는 사람은 이태순이라. 오월 초에 편지의 글자 그릇 씀을 말미암아 경무청에 잡힌 바 되어 경관이 조사한즉, 죄는 없는 듯하나 사체가 중대하고 익명서의 출처도 분명치 못하여, 문전철을 준 편지도 의심처가 있으므로 조사를 소홀히 하지 못할지라. 이러므로 몇 달을 옥중에 가두어 두었더니 태순의 구초와 한가지로 잡힌 사람들의 말이 일일이 다름이 없어 별반 의심이 되지 아니하는 고로 칠월 초에 문전철과 한가지로 방면되었더라.

태순이 염천을 당하여 옥중에서 곤경을 지낸 후 신체도 피곤하고 심신도 울적하여 소풍할 생각도 있고 삼 년 전에 북한사 절에 놀던 일이 있어 그 절의 중도 친숙히 아는 고로 이때에 와서 산수의 경개도 구경하고 정결한 처소를 빌어 몸을 조섭도 하러 왔더니, 마침 건너 초막에서 나는 글소리를 듣고 마음에 감동하여 누다락에 내려서 노파더러 그 동정을 물은 것이라. 노파의 말을 들으니 첩첩한 구름이 구의산에 가리운 듯 의심을 깨치기 어려워 글 한 수를 지어 달 아래에 읊으니, 그 글에 하였으되,

“서상에 밝은 달이여, 누구를 위하여 비치었소. 청조의 사자

가 없음이여, 나의 회포를 어찌 전할꼬.”

읊기를 마치매 소저가 글소리를 멈추고 듣다가 청아한 목소리로 그 글을 화답하니 갈왔으되,

“일신의 처량함이여, 하늘 높고 땅이 두터움을 모르도다. 사람은 같고 성이 다름이여, 백 년을 의탁할 곳이 아득하도다.”

태순이 더욱 심회를 정치 못하여 스스로 그 글 뜻을 풀어 가로되, 하늘과 땅을 모른다 하였으니 일정 부모가 없는 여자이요, 백 년 의탁이 아득하다 하였으니 아직 정혼치 아니한 듯하나 다만 셋째 구에 이른바 사람은 같고 성이 다르다 함은 누구를 가리킴인지 알 길이 없도다. 아무려나 내일은 자세히 그 규수의 내력을 탐지하리라 하고 침실에 들어 밤이 맞도록 전전불매(輾轉不寐)하더라.

제8회

　이태순이 북한산 북한사에서 우연히 초막에 있는 한 여자와 글을 화답한 후로 세상에 범상한 부인은 눈꼬리로도 보지 아니하던 성미로되, 열석 같은 심장이 황홀한지라 혼자 헤오되,

　'세상을 건질 큰 뜻을 품은 남자가 아녀자에게 고혹할 바는 아니로되 이같이 재덕을 겸비한 여자는 가히 나의 지기지우라 할 만하나, 이 몸은 전후에 불행한 일이 많아서 사방에 표박하고 공명을 이루지 못하며, 지금은 여관에 있어 책권이나 번역하여 일신의 호구하기를 일삼으니, 아무리 생각하여도 아직 한집 배포를 생의하지 못할지요, 타일에 공업을 성취하더라도 저러한 여자는 벌써 푸른 잎이 그늘을 이루매 열매가 가지에 가득한

모양같이 되리니 진실로 창연한 일이로다. 그러하나 그 여자가 어느 곳에서 생장하였던가, 마음에 생겨나는 일도 있으나 누구를 인연하여 물으리오. 응당 이곳에서 아직 두류할 듯하니 다시 서서히 물어보아도 늦지 아니하리로다.'

하여 홀로 이슥토록 등잔불을 대하여 이리저리 생각하다가 열두 점이 지나매 비로소 침소에 나아갔다가 이튿날 눈을 떠 보니 아침 햇빛이 창에 비치고 산중이 적적하여 다만 폭포 소리만 베개 위에 이르는지라. 태순이 금침을 의지하여 무료히 앉았더니 노파가 문을 반쯤 열고 방 안을 엿보며 가로되,

"서방님, 매우 곤히 주무시나이다."

태순이 묻되,

"지금 몇 시가량이나 되었는고?"

"지금 여덟 점을 쳤삽나이다."

태순이 눈을 비비며,

"그러하면 아침잠을 대단히 늦도록 잤도다."

노파가 웃으며,

"주무시느라고 건너 초막에서 글 읽던 소저가 떠나가는 것도 모르셨습니다."

하는 말에 태순이 깜짝 놀라 급히 묻되,

"무엇이라 하던가. 그 여자가 성문 안으로 들어간다 하던가,

다른 절로 간다 하던가?”

노파가 대답하되.

“문산포가 어디인지 그곳으로 간다 하더이다. 무슨 일은 모르나 서방님께 할 말씀이 있는 모양으로 오래 기다리고 있삽기로 제가 자주 와서 뵈오나, 너무 곤히 주무시는 듯하기로 감히 깨우지 못하였삽나이다.”

태순이 창연히 앉았다가 또 묻되,

“그러나 그 소저 떠날 때 혹 무슨 말을 함이 있던가?”

노파 허리춤에서 편지 한 장을 내놓으며,

“이것을 서방님께 드리라 하더이다.”

태순이 받아 급히 피봉을 떼어 본즉 편지가 아니요 글 한 편이 있으니 하였으되,

적설이 공산에 가득하니 초목이 모두 영락하도다. 외로이 섰는 저 소나무는 굳센 절개를 변치 아니하는도다. 조물이 부질없이 시기함이여, 인생이 달같이 둥글기 어렵도다. 뒷기약이 아득함이여, 신 있는 군자에게 맡김이로다.

태순이 두세 번이나 그 글을 보며 생각하되,

‘적설 공산에 초목 영락함으로 세상을 탁의(託意)하고, 외로

운 솔의 변치 아니하는 절개로 자기를 비하고, 조물의 시기와 달의 둥글지 못함으로 의외에 떠나감과 아름다운 언약을 맺지 못함을 한탄함이요, 끝의 구는 정녕 나에게 부탁한 말이로다.'
하고 주승을 불러 묻되,

"저 앞 초막에서 유숙하던 부인이 어느 곳에 산다 하며 성씨는 누구라 하던고?"

주승이 식가를 기록한 책자를 상좌더러 가져오라 하여 차례로 내려보더니 책 한 장을 접어 주며,

"그 부인의 거주가 여기 있나이다."

태순이 받아 자세히 보니,

'경성 남촌 후곡 이 통일 호 권 첨사 부인, 연이 오십일 세요, 소저 매선, 연이 십팔 세.'
라 하였는지라 태순이 심중에 해오되,

'정녕히 경성에 있는 여자일시 분명하나, 그러나 그 글 읽는 소리를 들어 본즉 전라도 음성 같던데.'
하며 또 주승더러 묻되,

"그 부인이 어디로 향하여 간다 하던고?"

주승이 웃으며 가로되.

"남의 댁 부인의 거처는 무슨 연고로 물으시나이까? 그 부인의 일가댁이 문산포 땅에 있어 그곳으로 가신다 하더이다."

태순이 천연한 기색으로 말하되,

"우연히 물은 것이어니와 문산포가 이곳서 몇 리나 되는고?"

주승이 대답하되,

"칠십 리라 하더이다."

태순이 그 절에서 육칠 일이나 두류하매 잠적한 회포도 너무 지루하고 의중지인(意中之人)의 자취도 실로 궁금하여 문산포로 가려 하더니, 그날부터 비가 오고 생량(生凉) 기운이 나매 감기로 신기가 불편하여 떠나지 못하고 중지하니, 귀에 익지 못한 폭포 소리는 실로 태순의 심사를 산란케 하며 잠을 이루면 몸이 나는 듯이 문산포로 향하더라.

사오 일이 지나 병이 조금 나으매 주승에게 부탁하여 짐꾼 한 명을 얻어 행구(行具)를 지워 길을 인도하라 하고, 자기는 죽장망혜(竹杖芒鞋)로 새벽하늘 처량한 기운을 타서 북한 산성을 떠나 북으로 물을 따라 수삼십 리를 가니, 점점 산이 높고 골이 깊어 굽이굽이 시냇물은 잔잔하고 고요하고, 중중한 수목은 참차하여 풍경이 청수하니 가장 별유천지에 이른 듯하더라. 또 수십 리를 가매 한 촌락이 있어 인가가 즐비한데 남으로 삼각산이 첩첩하여 구름 밖에 솟아 있고, 북으로 멀리 임진강이 거울같이 둘러 고기 잡는 돛대는 역력히 눈앞에 왕래하고 길가에 한 주점이 있는데, 그 앞에 시냇물이 바위 사이로부터 쟁쟁히 흘러 심히 정결하매 내왕하는 행객이 모두 그 주점에서 쉬더라.

태순이 좌우로 산천경개를 구경하며 주점 앞에 다다르니, 험한 길에 삐쳐 자연히 몸도 곤뇌하고 목도 마른지라. 관을 벗어 솔가지에 걸고 표주박으로 석천에 흐르는 물을 떠서 마시며 바위 위에 걸터앉아 수건을 내어 땀을 씻고 다리를 쉴새, 주막 주인더러 문산포 이수를 물으니 겨우 이십 리가 남은지라.

마음에 바빠서 짐꾼을 재촉하여 저물기 전에 바삐 가자 하며 주머니에서 돈을 내어 주인에게 주고 길에 오르려 할 즈음에, 문득 산모롱이를 좇아 교군 하나가 그 주점을 향하여 오더니 교군을 놓고 쉬는데, 어떠한 젊은 여자가 교군에서 좇아 나오더니 나무 그늘 으슥한 곳에 가 서늘한 바람을 향하여 섰다가 태순을 정신없이 건너다보고 무슨 생각을 침착히 하는 모양이라. 태순이 가려던 길을 머무르고 그 여자의 거동을 여겨보더라.

이 여자는 별사람이 아니라 권 첨사의 질녀 매선이니, 그 모친이 별세한 후로 권 첨사 내외와 동거하더니, 권 첨사가 불량한 뜻으로 매선의 집을 전당코자 하여 전집하는 사람이 이 집을 보러 올 때에 매선으로 하여금 알지 못하게 할 계교로, 방학한 동안에 조용한 절에 가 배운 바 서책을 복습하라고 좋은 말로 속여 그의 처 임 씨더러 데리고 북한사에 가 여름을 지내고 오라 하였더니 임 씨가 매선이 태순과 글을 화답하는 양을 보고 행여나 저희가 부부가 되면 재산을 다시 간섭치 못하려니 하여 그 이튿날로 문산포로 데리고 갔더니 마침 권 첨사가 급히 올라오라는 전보를 보고 가는 길이라.

매선이 부친의 유언을 굳게 지키고 심랑의 사진을 항상 품에 품고 그 사람을 만나 평생을 의탁코자 하여 여학교에 들어가 공부도 할 겸 그 복색은 우리나라가 본래 입던 여복과 같지 아니하여 내외하는 좁은 규모가 없는지라. 이에 사람이 많이 모인 연설장마다 쫓아다니며 살펴보더니, 다행히 독립관에서 정치를 연설하는 날 마음에 사모하던 얼굴은 보았으나, 다만 그 성이 같지 아니함을 한탄하던 차에 북한사에서 다시 보았으나 여자의 부끄러운 마음으로 차마 먼저 말을 묻지 못하고 한갓 글을 지어 그 뜻을 시험할 뿐이요, 종시 반신반의하여 진정치 못하더니, 이곳에서 제삼차로 상봉하여 다시 보고 또 볼수록 심랑의 사진과 십분 의심이 없는지라.

규중 여자로 타인 남자를 대하여 말을 물음은 온당한 일이라 못할지나, 부모도 아니 계시고 동기도 없어 사고무친 외로운 몸으로 사소한 예절에 구애하여 평생을 그르침보다 차라리 부끄러움을 무릅쓰고 구곡간장(九曲肝腸)에 맺혀 있는 의점을 깨쳐 보리라 하고 연보(蓮步)를 옮겨 태순 앞으로 오더니 수삽한 목소리로,

"군자의 존성이 심 씨가 아니시며, 일찍이 장 씨 가에 언약한 일이 있지 아니하시니까?"

태순이 공손히 대답하되,

"소생의 성명은 이태순이어니와, 특별히 약조라 할 것은 없으나 삼사 년 전에 장 씨 가와 혼사로 설왕설래한 일은 있나이다."

매선이 말을 들으니 더욱 의혹이 자심하여 또 그 말을 묻고자 할 즈음에, 교군 하나가 또 오더니 나이 근 오십 되는 여인이 두 눈썹에 살기가 등등하여 포악한 목소리로 교군을 재촉하여 매선을 데리고 풍우같이 가는지라, 태순이 넋이 없어서 교군이 가는 곳만 바라보고 섰더니, 어떠한 사람이 별안간에 태순의 어깨를 치며,

"이 사람, 무엇을 그리 정신없이 보고 섰나?"

하는 소리에 깜짝 놀라 돌아보며 하는 말이,

"누구인가 하였더니 자네더란 말인가!"

제9회

　충암과 절벽이 상대하여 병풍을 세운 듯한데 높기는 몇 백 길인지 알지 못하며, 시내에 둘린 수목은 울울창창한데 그 아래 물소리는 길이 굴곡하여 바위 모롱이를 둘렀고, 두 언덕 좁은 곳에 한 외나무다리를 놓아 앞산으로 통하였으며, 그 옆 석각 사이에 냉천이 솟아나매 청상한 기운이 사람의 골수에 침노하니 이곳은 곧 일산이라. 절벽 위에 올연(兀然)한 수간 정자가 산을 등지고 물을 임하였는데, 한편 벽에 산수도를 걸었고 병에 백합화를 꽂아 놓고 화로에 철병을 올려놓았으며, 그 옆에 찻종을 놓고 두 낱 서생이 의관을 벗어 난간에 걸어 놓고 서로 대하여 앉았으니, 이는 곧 이태순이 문전철을 만나 동행하여 오다가 피서함이러라.

태순이 가로되,

"바람도 시원하고 경치도 절승하다. 그러니 아까 주점에서 그대를 만나기는 참 의외가 아닌가. 무슨 일을 말미암아 그곳에 왔던가?"

문전철이 대답하되,

"그대도 아는 바이어니와 옥중에서 놓여나온 후 이천 고향 집으로 내려갔더니, 모친이 병환에 계시단 말은 실상이 아니고 전혀 나를 불러 내려서 슬하에 두시려 하는 뜻이시기로, 사세가 그렇지 아니함을 고하고 다시 서울로 올라가는 길이어니와 처음 생각에는 오래간만에 시골을 가니 일이 삭 두류하여 올까 하였더니, 향중 서생들이 모두 전일 풍기만 지키고 인순고식(因循姑息)하는 사람뿐이라, 하나도 가히 데리고 말할 만한 자가 없어 나의 취수되었던 일을 듣고 국사범이나 되는 줄로 짐작하고 상종을 꺼리는 것 같고, 나도 역시 재미없어 이렇게 속히 오네. 여보게 태순이, 근일에 지방의 하잘것없는 무리는 모두 쓸 곳이 없데."

하면서 정자 주인을 불러 술을 재촉하는지라. 태순이 만류하되,

"그만두게. 우리가 낮에는 술을 먹지 말자 약조하지 아니하였나? 그대는 모름지기 옥중에서 한 잔도 아니 먹고 지내던 일을

생각하여 좀 참아 보게."

이에 전철이 고담준론(高談峻論)을 하며,

"대장부가 술을 먹지 아니한단 말인가? 술 있는 강산에 뛰어난 인사가 많다는 옛말도 모르나?"

태순이 가로되,

"그대는 술을 편벽(偏僻)하여 즐기는 것이 큰 결점이니, 사회에 나와서 사업을 하려 하는 사람이 술로 본성을 잃어버림은 불가한 것이니 조심하기를 바라노라."

전철이 앙천대소하며,

"그대의 범절과 지식은 내가 우러러보는 바이로되, 술에 대하여는 너무 졸한 규모를 웃노라. 이번에도 그대를 반가이 만나기는 전혀 술의 공일세. 만일 내가 주점마다 술을 먹느라고 지체치 아니하였다면 수일 전에 벌써 경성에 득달하였을 터이니, 어디 가서 그대를 만났을까?"

이와 같이 이야기할 즈음에 주인이 주안을 갖추어 나오거늘, 전철이 일배일배(一杯一杯)로 취하도록 마시더니, 그때 마침 오래 이별하였던 친구 두 사람이 들어오니 하나는 강순현이요, 하나는 남덕중이라. 한훤(寒喧)을 마친 후에 오래 만나지 못한 회포를 말씀할새, 술을 새로 가져오라 하고, 네 사람이 한가지로 앉아 술잔을 나누며 각 지방의 형편을 담론할새, 태순이 술잔을

내려놓고 남덕중을 보고,

"남형은 전과 같이 군회에 진력하시며 그 지방의 회의 형편은 근일에 어찌된 모양이니까?"

남덕중이 탄식하며 대답하되,

"선생도 아시는 바이어니와, 연전에 우리가 서로 동지지인(同志志人)을 천거하여 지회를 조직하매 백사가 진취되더니, 이삼 년 후로부터 지방 관리가 민권을 비리로 속박하여 회원이 영성하여질 뿐 아니라, 무슨 의안이 있든지 모두 빙빙과거(氷氷過去)할 뿐이니 의회가 있어도 없는 모양이라, 진실로 절통할 바이로다."

태순이 가로되,

"정치당이 어지간히 번성하던 귀군이 그 지경에 이름은 천만 의외나, 물론 무슨 일이든지 한 번 굴(屈)하면 한 번 신(伸)하는 것은 정한 이치라, 오늘날 회가 조잔함을 근심치 말지어다. 이는 타일에 왕성할 장본이라. 인민이 정치사상이 없어 의회를 향하여 공동함이 없고 부정체에 경험이 없어 정치상에 깊이 감각이 없음은 면치 못할 사세라. 점차 정치상이 진보되어 의회를 공동하는 예론이 강대하면 어떠한 법률을 시행하든지 실제상 이익을 보기 어렵지 않다 하노니, 이는 제일 여자 사회를 개량하여 사치하는 풍속과 비루한 행실이 없도록 하여야 속한 효험을 볼지니, 완고한 습관이 뇌수에 인 박인 이섭 이상 인물은 말할 것 없고 천진으로 있는 소아들을 새 정신, 새 사상이 들도록 하자면 여자 사회가 진보되어 집집이 가정 학문이 있은 연후라야 가히 되리라 하나이다.”

남덕중이 태순더러 왈,

“아이와 부인 말씀을 하시니 생각 나는 일이 있나이다. 내가 향일 문산포에 갔다가 주점에서 지나가는 부인을 만나매 연기가 십팔구 세가량이나 되었는데, 국한문과 양서를 능히 보기로 주인더러 물은즉 경성 사람이라 하더이다. 근래 젊은 부인에는 과연 학문 있는 자가 더러 있으니 업수이 여기지 못하리로다.”

태순이 잠시도 잊지 못하는 중 이 사람의 말을 들으매 자연 심히 산란하여 진정키 어려워 묵묵히 앉았는데, 문전철이 웃어 가로되,

“근래 여자들이 조그만치 학문이 있으면 너무 주제넘어 남녀동등 권리나 말끝마다 내세워 가정을 문란케 하니 그야말로 식자우환(識字憂患)이라 하노라.”

태순이 분연히 대답하되,

“부인의 교육이 발달됨은 사회에 대하여 큰 행복이라 하겠거늘, 문형은 어찌하여 시세 적당치 아니한 말을 하느뇨?”

제10회

제비는 남으로 가고 기러기는 북으로 감은 인생의 면치 못할 일이라. 문전철은 강순현과 지회를 조직할 일로 파주 지방으로 향하여 가고, 이태순과 남덕중은 경성으로 올라오며 양인의 지회 설립 방법도 이야기하고 근일 경성 형편도 문답할 새 태순이 가로되,

"문군이 유여한 학문으로 매사에 열심함은 매우 감사하나, 원래 술이 과하므로 세상일에 대하여 매양 불평한 말을 고귀함 없이 함을 근심하여 이번에도 매우 권고하여 보냈으니 연설하는 마당에 격분함을 못 이겨 실수나 아니하면 좋을까 하노라."

남덕중이 가로되,

"그는 걱정할 바 아니라 하노니, 유지하다는 사람이라 자칭하는 자가 모두 의식만 일삼는 세상에 문전철같이 마음과 말이 한결같은 사람은 별로 없다 하노라."

태순이 가로되,

"그대 말씀이 가장 옳으니, 대개 사람의 상(相)은 지위를 인하여 변하나니, 오늘날 수염을 다스리고 사인마차(四人馬車)에 올라앉아 노성한 사람을 깔보고 업신여기고 협회당을 과격하다 추직하다 하는 사람들도 개혁하기 전 국사에 분주할 때에는 거개 황당한 거동이 많았으니, 문전철도 뜻을 얻어 상등 사회에 있는 날에는 기상도 자연히 온화하게 되리니, 어느 때까지든지 오늘날 모양으로 있지는 아니할지나, 본래 평등의 자유라 하든가 빈부의 평준이라 함을 좋아하는 남자인 고로 잘못하면 격렬당이 되지 아니할까 모르겠도다. 서양 제국에서도 하등 인민들이 사회당을 조직하여 사회의 질서를 문란케 함은 다 세상에 뜻을 얻지 못한 학자들이 선동한 때문이라 하나이다."

이같이 이야기를 하며 가는데, 어떠한 조그마한 아이가 신문 한 장을 들고 지나거늘, 남덕중이 그 아이에게 신문을 빌어 태순과 나무 그늘 밑에 잔디를 깔고 앉아서 잡보부터 차례로 볼새, 연희장 개량이라는 제목에 이르러 그 취지를 자세히 본즉, 어떠한 유명가의 주장으로 말미암아 연희장의 누습(陋習)함을 일체 개량하기 위하여 동지를 구할새 유지 신사와 신문 기자 제씨가 모두 찬성하는 뜻을 표하였다 하였거늘, 덕중이 보기를 마치고 가로되,

"이는 연희 개량을 발기하는 자가 있는 모양이니 이도 구습의 고루함을 고치지 못할지나, 그러나 오늘날 정치와 사회상에 개량할 일이 허다하거늘, 유지자들이 어느 여가에 그만 일로 떠드는고."

태순이 가로되,

"연희의 필요함을 형이 모르는도다. 동서양을 물론하고 풍속을 개량하는 효험이 학교가 제일이라 하겠으나, 그 효험의 속함으로 말하면 연설이 학교보다 앞서고 소설이 연설보다 앞서는데, 소설보다도 앞서는 것은 연희라 하나니, 서양 각국에서는 연희장을 극히 장하게 건축하고 화려하게 설비하였으며, 그 주모하는 사람은 상당한 학문이 있어 물정을 추직하고 고름을 통달하는 고로 연희하는 일이 모두 시세에 적당하여 부인·아동의 구경거리가 아니요, 상등 사회의 심신을 기껍게 하는 처소가 된다.

그런고로 각국에는 제왕과 후비라도 으레 구경하여 우리나라 연회장과 같지 아니하니, 우리나라 연회장의 건축은 약간 서양 제도를 모방하였으나 다만 외양뿐이요, 그 유희하는 규모는

모두 이십 년 전 구풍으로 압제 정치만 알던 시대의 사상을 숭상하여 이도령이니 춘향이니 하는 잡설과 어사니 부사니 하는 기발한 글귀를 주장하며, 꼭두각시니 무동이니 의미 없는 유의로 다만 부랑자의 도회장이 되어 문명 풍화에는 조금도 유익할 바가 없으니, 이는 연희를 설시하는 자가 학문이 없어 동양의 부패한 풍습만 알 뿐이요, 구경하는 사람도 또한 유의유식하여 무항산한 사람과 경박허랑(輕薄虛浪)하여 무지각한 무리뿐이니 진실로 개탄할 바로다.

하루라도 바삐 그 방법을 개량하여 역사의 선악과 시세의 가부를 재미있게 형용한 후에야 남녀를 구경하는 사람의 안목에 만족할 것이요, 외국 사람에게도 조소를 면하리로다."

남덕중이 무릎을 치며 가로되,

"선생의 말씀을 들으니 비로소 연희 개량이 필요함을 가히 알지라, 나도 어디까지든지 찬성하고자 하노라."

태순이 수건으로 땀을 씻으며,

"날도 대단히 더워진다. 목욕이나 좀 하여 볼까."

하며 그 앞의 시내 둑으로 나아가 그늘 밑에 의복을 벗어 놓고 물로 들어가려 할새 마침 어느 두 소년이 겨우 목욕을 마치고 바위 위에 걸터앉아 서로 수작함을 들은즉 한 사람이,

"옳지. 그래서 그 여인이 어떠하던가?"

"매우 어여쁘기도 하려니와 학문도 있지마는 행실은 말이 못
되어 이번까지 몇 번째 신문에 오르내리는지 모르겠네. 일전에
북한사에 가 있는 동안에도 정부를 얻은 일이 낭자히 소문이 나
서 무인부지(無人不知)라고 신문 잡보에 있던데, 대체 그 신문
은 무슨 일이든지 자세한 사실을 일등 수탐하나 보던데."

"그래, 그 여자가 어느 곳에 산다 하였던가?"

"남촌 근처라고만 하였고 그 골목 이름은 쓰이지 아니하였으
나, 필경 우리가 문산포에 갔을 때 보던 여인인 듯하데."

"옳지, 자네 말이 어지간하이. 그 여인이 인물도 똑똑하고 잔
부끄럼이 도무지 없는 것을 보니까 수상은 하던걸. 나는 바삐
먼저 가네."

"나도 바빠 가야 하겠네."
하면서 동서로 각각 헤어져 가더라.

태순이 목욕을 하면서 그 두 사람의 이야기하는 것을 듣고 심
중에 해오되,

'남촌 근처 여자로서 북한사에 갔던 사람이라 하니 내가 만난
여자가 아닌지 모르겠으나, 그러하나 그같이 학문도 고명하고
처신도 단정한 여자로서 함부로 그러한 행실은 아니할 듯하되,
사람이라 하는 것은 외양만 보고 알지 못할 바라, 어찌된 사실
인지 모르리로다. 그러하나 근일 신문은 형적도 없는 말도 하도

잘 나니 어찌 믿으리오. 만일 나와 글을 화답하던 일을 누가 알고 오전하여 애매한 말을 내었으면 진실로 그 여자에게 원통할 일이라 발명이라도 아니치 못하겠으니, 하루바삐 경성으로 가서 자세한 사상을 탐지하리라.'

아무리 생각하여도 마음에 관계가 되매 목욕을 못 다 마치고 그대로 옷을 입고 남덕중과 길을 떠나더라.

제11회

　누대가 참치하고 수음이 울밀한 중으로 후원을 돌아들어 육
칸 초당이 있으되 분벽사창(粉壁紗窓)이 극히 정결하고 뜰 가운
데 작은 연못이 있어 금붕어는 물결을 불고 못가에 괴석과 화
초분을 나란히 놓았으니 한적한 운치가 반점 티끌이 없는데, 방
안에 나이 십팔구 세 된 여자가 꽃 같은 얼굴과 눈 같은 살에 담
장소복(淡粧素服)을 하고 책상을 의지하여 소설을 보다가 입안
의 말로,

　"여자의 마음은 어느 나라든지 모두 같도다. 이 미스 세시마
레가 정인을 이별하고 각색으로 고생한 곳을 보면 눈물을 금치
못할지로다. 이 몸은 초년에 양친을 여의고, 기다리는 사람은

진가를 알지 못하니 이같이 가련한 인생이 어디 있으리오. 그러한 중 숙부라 하는 사람은 진실한 혈속이 아니요, 다만 의로 정한 터이라. 외양은 친절한 듯하나 내심은 알지 못할뿐더러 근일에는 의심되는 일이 한두 가지가 아니기로 맡겨 둔 전재의 출납장부를 보자 하면 이리저리 칭탁만 하고 종시 보여 주지 아니하며, 모친의 유언으로 심랑의 소식을 기다리고 있음을 번연히 알면서 타문에라도 급히 결혼하라 재촉하니 그 뜻이 가장 괴이함이요, 부친 생전에 무슨 필적을 받아 두었다 하면서 오늘날까지 나에게 보여 주지 아니함은 까닭을 알지 못하리로다. 동무가 아무리 많아도 모두 계집아이라 쓸데없고, 어느 명민하고 친절한 사람이 이때 있다면 무슨 일인든지 모두 의논이나 하여 보고 싶으나, 지금 모양으로는 그러한 사람도 만나기 극난하니 마음을 진정할 곳이 없도다.”

하면서 보던 서책을 땅에 던지고 상 위에 있는 수건을 집어 하염없이 흐르는 눈물을 씻더니, 마침 연기가 오십여 세가량이나 된 남자가 들어오며,

“네 몸이 그저 편치 못하냐. 왜 오늘도 학교를 아니 가느냐?”

하는 자는 본래 장흥 사족으로, 십사오 년 전에 덕적 첨사를 다녀온 권 첨사라. 원래 글자는 하되 욕심은 대단한 터인데, 매선의 부친이 처음 경성으로 올라와 사고무친하여 심히 외로울 때

에 권 첨사를 만나 동향세의(同鄕世誼)만 생각하고 의형제를 한 까닭으로 매선이 숙부라 칭하는 것이라.

매선이 불편한 기색을 감추고 천연히 대답하되,

"오늘부터 쾌차하오니 염려 마옵소서."

권 첨사가 교의에 걸터앉으며,

"네 병이 낫다니 나의 마음이 얼마쯤 기쁘도다. 너를 보러 들어옴은 다름이 아니라 지난번부터 이삼 차 말하였거니와 이는 첫째는 너의 신세를 위함이요, 그 다음은 자격이 합당한 사람이 있기로 너의 말을 듣고자 하노니, 재삼 생각하여 좋은 기회를 잃지 말지어다."

하면서 매선의 안색을 살펴보거늘, 매선이 심중에 놀라우나 사색을 나타내지 아니하고 나직한 말로 대답하되,

"그 말씀은 지난번부터 자주 듣자왔으나 숙부께서도 아시는 바, 어버이 생존하셨을 때에 약조한 사람이 있었으므로 모친께서 기세하실 때에 정녕한 유언이 계시고, 소녀도 아직 일이 년 안에는 출가치 아니하려 하나이다."

권 첨사가 갈범 같은 소리로,

"옹졸한 소견도 있다. 나도 여러 번 심랑을 보았으나 이는 너의 부친이 무부(珷玞)를 진옥(眞玉)으로 보심이라. 인물도 그다지 준수치 못할 뿐 아니라, 무슨 작죄를 하였는지 어디로 도망

한 이후로 지금껏 그 생사도 알지 못하거늘, 만리전정을 생각지 아니하고 이팔 꽃음을 허송하라 하심은 너의 모친이 병환 중에 혼미한 정신으로 하신 난명이라. 지금 너의 처지에 난명을 준수하여 앞일을 생각지 아니함은 만만불가(萬萬不可)하니 고집하지 말지어다.

　네가 아무리 학문이 유여하고 범절이 영리한 터이나 종시 계집아이라. 세사를 알지 못하여 능히 가간사(家間事)를 정리하기 어렵기로, 내가 실상은 타인이로되 매사를 주선하여 아무쪼록 그르침이 없도록 보살폈거니와 이제는 점점 나이 많아 오매 정신이 현황하여 분란한 일은 상관하기 염증이 나고, 반년 간 회계도 계산하기 어려워서 지난번에 네게 재촉을 당하였거니와, 너는 일찍이 몸을 의탁하여 집을 보전함이 합당할 듯하며, 또 네가 집을 맡은 사람이 되었은즉 만일 타처로 가기를 즐기지 아니할진대 내가 데릴사위로 정하여 같이 있어도 무방하며, 내가 말하는 바 남자는 범상한 인물이 아니라 정히 너의 배필이 될 만하기로 강권함이라. 필경 너도 이전에 일이 차 만나서 얼굴도 알 듯하나 만일 그 사람과 결혼치 아니하면 이는 나의 좋은 뜻을 저버림이라.”

하여 달래고 권하는지라.

　매선이 마음에 숙부가 무슨 관계가 있어 자기가 즐기지 아니하는 일을 억지로 권하는가 하여 듣기 싫은 말로 대답할 듯하나, 원래 그 성질이 온화한 고로 진정하여 가로되,

"숙부의 말씀이 진실로 감격한 바이오나, 소녀의 사정은 아까도 말씀함과 같아서 그 남자가 아무리 비범한 사람이라도 지금은 결혼할 생각이 없사오며, 듣자오니 서양서는 마음에 합당한 사람으로 부부의 언약을 정한 후 외양으로만 부모에게 의논한다 하오니, 은덕을 받은 숙부의 말씀을 거역하기는 죄송하오나 다만 결혼 일사는 소녀의 마음대로 하게 버려 두심을 바라나이다."

권 첨사 급급한 모양으로 가로되,

"아무리 하여도 나의 말을 듣지 못할 터이냐?"

매선이 대답하되,

"결단코 이 말씀은 봉행치 못하겠나이다."

권 첨사 얼굴에 푸른 힘줄이 일어나면서 담뱃대로 재판을 두드리며 고성하여 수죄를 할 듯하다가 별안간에 좋은 말로,

"옳지, 그러하지. 너의 마음이 기특하다. 인자된 도리에 그러하지 아니하면 불가하니 내 말을 자세히 들어라. 네 말이 그러할진대 무슨 일이 있든지 부모의 유언을 지키고 변치 아니코자 아느냐?"

매선이 응답하되,

"이는 다시 물으실 바 아니로소이다."

권 첨사가 가로되,

"그러할진대 너는 장 씨의 재산을 자기 물건으로 알지 못하리로다."

매선이 변색하여 고하되,

"이는 숙부의 말씀이라도 알지 못할 바이오니, 소녀가 비록 계집아이오나 부모의 후를 이은 재산을 자유로 못한다 하심은 무슨 까닭인지 모르나이다."

권 첨사 가로되,

"네 생각이 저러하기로 부당한 고집으로 내가 이르는 말을 듣지 아니하는도다. 자식을 알기는 아비 같은 이가 없다 하더니, 너의 부친의 지감이 있음은 탄복할 바이로다. 매선아, 이것을 보아라."

하면서 네모진 얼굴을 뒤틀고 입속으로 중얼중얼하면서 손궤 속에서 편지 한 장을 내어주거늘, 매선이 괴상히 여기며 즉시 받아 보니 자기 부친이 생전에 권 첨사에게 유언으로 부탁한 것이라. 그 글에 하였으되,

'나의 사후에 여식 매선으로 집주인을 삼고 그대는 뒷배 보는 사람이 되어 일가의 재산을 정리하여 주심을 바라노니, 일찍이 여식을 심랑과 결혼하여 데릴사위 삼기를 경영하였더니 그 후

에 심랑이 종적을 감추어 간 바를 알지 못하니 만일 나의 사후에 삼 년 내로 심랑이 돌아오면 전 언약을 좇아 부부를 삼고 일가의 재산을 사양하여 줄 것이요, 만일 이 기한이 지나도록 심랑이 돌아오지 아니하고 매선이 다른 곳에 출가하기를 불긍하거든 재산을 십분의 일만 분깃하여 주어서 각거하게 하고 장 씨의 후를 이를 사람을 양자하여 영구히 재산을 보전케 함을 원하노니, 아무쪼록 범연히 마심을 바라노라.'

매선이 불의에 이 유서를 보고 기가 막히나, 원래 지혜 있는 여자인 고로 마음을 진정하여 두세 번 그 유서를 훑어보고 접어서 도로 권 첨사를 주며 왈,

"부친의 유언이 이러하실진대 일후에 숙부의 말씀을 좇으려 하나이다. 그러하나 부친이 병환 중에 소녀와 모친이 주야에 부친 곁에 있어 여러 가지 유언을 자세히 들었사오나, 이러한 유서를 숙부에게 드렸다 하시는 말씀은 듣지 못하였고, 또 모친께도 그런 말씀은 듣지 못하였나이다."

하면서 이야기하는 중이라도 양친의 병중사를 생각하고 눈물이 비 오듯 하거늘 권 첨사는 보지 못하는 체하고 말하되,

"너의 부친이 하세하시던 사오 일 전에 뵈오러 갔더니 그때 마침 너도 없고 너의 모친도 계시지 아니한데 이 유서를 가방 속에서 내어주시며 그 밖에 다른 일도 모두 부탁하시던 것이 지

금도 목전에 뵈옵는 듯하다. 아무리 기질이 좋은 사람이라도 대병 중에는 평상시와 다르니 아마 잊으시고 너에게 말씀을 못하셨나 보다."

매선이 웃음을 머금고 말하되,

"말씀과 같을진대 한 가지 알지 못할 일이 있소이다. 부친 병환 시에 숙부께서는 고향에 가 계시고 경성에 계시지 아니하셨다가 겨우 부친이 하세하시던 전날에야 비로소 오시지 아니하였삽나이까?"

권 첨사가 말이 막혀 묵묵히 있다가,

"이는 내가 잘못 생각하였다. 늙어지면 정신조차 없어져서 삼 년 된 일을 아득히 잊어버렸도다. 다시 생각한즉 이 유서도 역시 그 전날 받았나 보다."

매선이 권 첨사를 잠깐 흘겨보더니,

"그 유서를 다시 한 번 보여 주시옵소서."

하면서 받아 펴들고 가로되,

"숙부는 이것을 자세히 보옵소서. 이 글씨가 부친의 필적과 흡사하오나 먼저 쓴 글씨는 부친의 명함 쓴 글씨보다 먹빛이 다르기로 나중에 써서 넣은 모양 같아 뵈오니 어인 일인지 이상하여이다."

권 첨사가 소리를 높여 말하되,

"이 글씨를 어디로 보아 이필이라 하여, 소위 숙부라 하며 필적을 위조한 흉악한 무리로 돌려보내느냐. 매선아, 자세히 내 말을 들어 보아라. 나도 원래 벼슬을 다니던 사람으로 세상일도 짐작하는 터이요, 그뿐 아니라 이 유서를 그 사이 법률을 정통한 사람들에게 뵈고 그 말도 들어 보았거니와, 네가 아무리 고집하여도 이미 삼 년 기한이 지났으니 나는 너의 부친의 유서와 같이 가합한 자를 양자하여 장 씨의 후를 잇는 것이 당연한 일이라. 만일 재판을 할진대 대언인이 되어 결단코 이겨 보겠다 하는 사람도 여럿이 있더라마는 너를 보아 아직 거절하고 친절한 마음으로 출가하기를 권하나 너는 고마운 생각은 없고 도리어 정녕 무의한 유서를 위조하였다 하니, 이 어찌 숙부를 대하여 네가 차마 할 말이리오."

하면서 이를 악물어 사람을 씹어 삼킬 것같이 하거늘 매선이 부복하여 이윽토록 말이 없다가 돌이켜 생각하고 가로되,

"소녀가 잘못하였사오니 용서하심을 바라나이다. 이렇듯 부친의 유서도 있사오니 숙부의 말씀을 봉행하여 일찍이 신세를 정하리이다."

권 첨사는 가장 곧이듣고,

"벌써부터 내 말을 순종하였으면 이치를 장황히 말할 것도 없고 큰소리도 아니하였으리로다. 네 말을 들으니 내가 안심하노

라.”

하면서 제 마누라를 불러내니 권 첨사의 마누라 정 씨가 장지를 열고 들어와 매선의 곁에 앉아서 쪼그라진 입에 버스러진 이가 입술 밖으로 나오며 호호 웃더니,

“너는 효행이 있는 아이라 기특하다. 너의 부친이 지하에서 기꺼워하시리로다. 지금 급히 출가하라 함도 아니니 천천히 상당한 사람을 기다리는 것도 좋을지라. 매선아, 좀 웃어나 보려무나. 무슨 일을 그다지 생각만 하느냐.”

그때 마침 하인이 뜰 앞에 와 고하되,

“작은아씨, 문밖에 송 교관이 오셔서 그 누이님의 말씀을 전하고자 하여 잠깐 뵈옵기를 청하더이다.”

매선이 이르되,

“오냐, 무슨 일인지 모르거니와 나도 할 말씀 있으니 잠깐 계시라 하여라. 지금 나가마.”

하고 문간으로 향하여 가니 권 첨사가 그 노처를 대하여 숨을 휘이 내어쉬며,

“계집아이가 주제넘게 글자를 보아서 세밀한 일까지 모르는 것이 없으므로 이번에 내가 땀을 흘렸도다. 그러하나 저의 부친의 도장이 찍힌 유서가 있는 데는 하릴없을지니 하상천의 지혜는 짐짓 탄복할 바이오. 이 외에 송 교관이 잘 꾀면 하상천과 혼

인이 십분지 구는 되기 무려할지라. 이제부터 전당 잡힌 문서도 발각될 염려가 없을 뿐 아니라 천 원이나 되는 큰돈이 손에 들어올지니 어찌 다행치 아니리오. 마누라 여보, 하인을 불러 앞집에 가서 술이나 좀 받아 오라 하오. 우리 이 일이 잘 되라고 축원을 하여 봅시다.”

제12회

　낙자 정정하여 바둑 두는 소리에 백 일은 일 년같이 길고, 제비는 쌍으로 날아드는 곳에 한 사람은 연기가 삼십 내외간쯤 되었는데, 높은 코와 큰 눈에 안색이 백설 같아 당당한 장부의 기상이 사람을 압도할 만하고, 무슨 일을 생각할 때마다 미간에 내 천자로 주름이 잡히니 이는 별사람이 아니라 그 집 주인 하상천이니, 머리에 정자관을 쓰고 몸에 생주주의를 입고 청공단 보료에 안석을 의지하여 앉았고, 벽상에 전렵도를 걸었으며, 화병에 백일홍 두어 가지를 꽂았고 책상 위에 법규유취 이삼 권이 있고, 그 옆에 수십 장씩 묶은 문부가 쌓여 있으니, 이는 여러 사람이 재판하기 전에 미리 감정하기를 부탁한 문적이러라. 또 한 사람은 추포주의를 입고 죽립을 썼는데 둥근 얼굴에 단소한 남자이니 이는 송군서라. 사오 년 전부터 하상천의 집 식객이 되었더니, 근일에 스스로 대언인 사무에 종사할 새 항상 하상천의 지휘를 받아 분주하더라.

이때 하상천이 송 교관을 대하여 말하되,

"바둑을 두고 나면 너무 더워 견디지 못하겠으니 좀 쉬어서 두어 보세. 그러하나 여보게 송 교관, 그 일은 매우 잘 되지 아니하였는가. 나도 독립회 연설장에서 그 여자를 만난 후로부터 매우 유의하여 수소문을 하여 보고 영어 학당에 다니는 것을 알았더니, 다행히 그대의 매씨와 함께 그 학교에서 공부하므로 나의 사정을 그대에게 부탁하여 그 근지를 알아본즉 부모도 형제도 없다 하기에 으레 될 줄로 생각하였더니, 여자가 당초에 계약한 남자를 기다리고 있기로 아무리 권면하여도 따르지 아니한다는 말을 듣고 다시는 생의도 못할 줄로 알았더니, 마치 권 첨사가 채전에 못 견디어 그대를 소개하여 나에게 타첩할 방책을 묻지 아니하였나.

그래 내가 자세히 탐지하여 본즉 그 여자의 집문서를 모르게 전당 잡힌 곡절일세그려. 만일 이 일을 그 여자가 알고 보면 그 외의 맡은 돈을 사용한 것까지 발각이 될 사세기로 곤란함을 면치 못하겠다고 좋은 방침을 지시하여 달라기로, 나의 소망을 말

하여 그 여자와 결혼시켜 주면 천금으로 보수하여 그 채전을 청
장(淸帳)하게 하여 주마 하였더니 권 첨사는 응낙을 하였으나,
다만 그 여자가 출가할 마음이 없으니 권 첨사는 주선할 도리가
어디 있나. 할 수 없이 권 첨사더러 그 여자의 부친 도장이 찍힌
유지를 얻어 보라 하였더니 일이 되느라고 마침 적당한 것을 가
져왔기로 여차여차하게 유서를 꾸며 낸 것은 진실로 신기한 묘
산이 아닌가.

일전에 권 첨사가 그 유서를 보이고 출가함을 강권하였더니
그 여자도 하릴없이 허락을 하더라니 외양 형편으로 보면 거의
될 듯하나, 그대가 다시 힘을 다하지 아니하면 되지 못할지니
나의 소망을 저버리지 말지어다.”

송 교관이 대답하되,

“전일에 선생의 부탁을 들은 고로 고향에 돌아가 있는 누이가
전하는 말이 있다 청탁하고 그 여자의 눈치를 보러 갔더니 그
여자가 여러 말끝에 묻기를, 그대는 대언인이 되신 터이니 이러
한 일을 아실 터이어니와 여자라도 부모의 재산을 상속한 지 이
삼 년이 지났는데 살림 뒷배 보는 사람이 졸지에 부친의 유서가
있다 칭하고 별로 양자를 데려오고 그 여자를 쫓아내는 일이 법
률 규정에 있나이까 하기로, 나는 그 이허(속내)를 짐작하나 짐
짓 알지 못하는 체하고 어떠한 법률은 현란한 사건도 있기로 용

이히 판단하기 어렵거니와, 우리나라에서 현행하는 법률은 서양 각국과 같지 아니하여 재판소에서는 무슨 일이든지 종물권을 시행한다 대답하였은즉 그 여자가 아무리 영악하여도 하릴없이 권 첨사의 지휘를 쫓으려니와, 선생같이 규모 있는 터에 아무리 일대 절색이요, 학문이 있다 한들 천 원이나 되는 전재를 허비하려 함은 무슨 생각인지 나는 조금도 알지 못하는 바이니라."

하상천이 수염을 쓰다듬으며 가로되,

"이는 두루 생각하는 바가 있음이니 정실은 부모가 주혼하신 바이로되 그 용모가 험악할 뿐 아니라 마음에 합당치 못한 일이 많은 고로 본가로 쫓아 보냈고 그 후에 전주집을 데려왔더니 자식까지 낳았기로 오래도록 같이 지낼 줄 알았더니 그 역시 불합할뿐더러 근래 사회의 풍조가 변하여 오므로 차차 부인들도 공회 같은 데 참례하는 일이 있으니 아직은 경장하던 처음이라. 사녀의 품행이 문란한 결과로 인하여 행실이 없는 부녀라도 함부로 귀부인 좌석에 섞이는 일이 있으되, 멀지 아니하여 필경 서양 풍속을 본받아 품행이 단정치 못한 부녀는 상등 사회에서 받지 아니하리니 창기의 무리로 가속을 삼는 것은 창피할지라. 우리도 타일에 뜻을 얻어 내외 신사를 교제하려 한즉 아무쪼록 사세에 합당한 부인을 취하지 않으면 불가할지라. 그 여자는 인물도 불조치 아니하고 학문도 있으며 영서도 능통한다 하니 아내를 삼아도 부끄럽지 아니할 바요, 그 외의 재산도 있다 하니 우리나라는 부부간에 재물을 각각 구별하는 법률이 확정치 아니하였은즉 한 번 혼례하면 그 여자의 재산이 모두 나의 차지가 될지요, 성사한 후에는 천 원 돈도 허비할 필요가 없으니 다만 입으로 말만 하여 증거가 없을 뿐 아니라, 권 첨사도 남의 유서를 위조하였다 하는 밑 구린 일이 있으니 어찌 능히 나를 정소(呈訴)하여 재판을 청하리오.”

송 교관이 그 말을 듣고,

“선생의 묘산은 진실로 귀신도 측량치 못할 바이어니와, 그러하나 잘못하면 여의치 못할까 하나니 별로이 주의치 아니하면 불가하리로다.”

하상천이 묻되,

“무슨 일을 이름이뇨?”

송 교관이 가로되,

“근일에 풍편으로 들으니, 그 여자가 이태순과 벌써 언약을 굳게 하였다 하니, 선생은 알아서 주선할지어다.”

하상천이 의외에 이 말을 들으매 기가 막혀 이윽토록 손끝을 비비며 생각하더니 홀연히 무릎을 치고 웃으며 가로되,

“한낱 우직한 이태순과 암약한 여자를 어찌 처치할 도리가 없

으리오.”

하면서 송 교관의 귀에 대고 여차여차 하라 하니 송 교관이,

“옳지, 그 신문 기자는 선생과 친분이 있을 뿐 아니라 사람을 비방하기 좋아하니, 부탁만 하면 아니 될 이치가 없으니 지금 가는 길에 말하여 보리로다.”

하상천이 또 송 교관더러,

“여보게, 그리하고 또 여차여차하게.”

송 교관이 고개를 끄덕이며,

“옳지, 그렇지. 꼭 될 일이지.”

하상천이 또 말하되,

“그리하고 그 부비는 여차여차하게.”

제13회

한 쌍의 청조가 매화가지 위에서 꽃을 희롱하니 향기가 가지
에 가득하도다.

"나는 청조 되고 너는 매화 되어 나래가 향기 꽃에 떠나지 말
고 지고. 여보게 옥도 씨, 노래나 좀 부르게. 임 주사, 술 한 잔 더
자시게."

하며 너스레를 늘어놓는 사람은 송 교관이요, 단아한 모양으로
권하는 술을 사양하며 별로 말도 아니하고 웃지도 아니하는 사
람은 이태순이라. 송 교관이 태순더러,

"내가 노형이 입성하심을 듣고 반가이 말씀도 하고 누설의 욕
보시던 일도 위로할 차로 오늘 이곳으로 감히 오시라 함이어늘,

술도 아니 자시고 담화도 아니하시니 도리어 섭섭하여이다."

태순이 강잉히 웃으며 대답하되,

"이처럼 부르신 성의는 그지없이 감사하거니와 소제는 본래 고지식한 성미라 질탕히 수작을 못하니 형의 뜻을 저버림 같아 심히 불안하도다."

곁에 있는 임 주사는 송 교관의 친구라. 술잔을 들어 태순에게 권하며 말하되,

"선생이 근일에 산수 좋은 곳에 유람하셨다 하오니 어디 경치가 가장 아름답더뇨?"

태순이 대답하되,

"별로 여러 곳도 가지 못하였고 또 행색이 총총하여 경치를 구경치 못하였으나, 일산에서 문전철이라 하는 친구와 유지인 수인을 만나 수일 두류하였는데 수석이 매우 절승하더이다."

송 교관이 말을 무지르며,

"여보, 절에 가면 중 이야기를 하고 촌에 가면 속인 이야기를 한다고, 오늘 밤 이 좌석에서는 술이나 먹고 옥도나 데리고 놀아 봅시다."

하며 옥도에게 곁눈질을 하니, 옥도가 연해 태순의 눈을 맞추며 술을 부어 들고 온갖 아양을 모두 부리나, 태순은 조금도 요동치 아니하고 있다가 송 교관을 돌아보며,

"이 동안 전성조도 평안하며 어느 곳에 머무느뇨?"

송 교관이 대답하되,

"형은 아직 그 소문을 듣지 못하였도다. 성조가 형을 모함한 죄로 반좌율을 당하여 지금까지 감옥서에 있거니와, 성조와 형이 무슨 큰 혐의가 있기로 그런 흉측한 마음을 먹었느뇨?"

태순이 탄식하되,

"그 사람이 나를 모함함은 그 뜻을 모르거니와 평일에 교분이 가까워 별로 감정이 없노라."

송 교관이 웃으며,

"형이 나를 속이는도다. 나는 전설로 들으매 성조와 친밀히 지내는 여자가 형과 가까워 형의 여비까지 담당하여 준 일을 알고 시기하여 그리함이라 하더이다."

태순이 정색하여 발명하고 내심으로는 의혹이 자심한데, 임 주사가 신문 한 장을 들고 차례로 보아 내려가다가 어느 여자의 이야기를 보는 모양이더니 박장대소하며 송 교관을 바라보거늘 송 교관이 묻되,

"무슨 말이 있나? 여럿이 듣도록 크게 읽어 보게."

임 주사가 소리를 높여 가로되,

"남촌 근처인데 골목 이름과 통호수는 자세치 못하나 면담에 석회칠하고 수목이 울밀한 중에 후원 초당이 있는 집이요, 그

이름은 매화라 하던지 매향이라 하던지 하는 여자인데, 그 자색이 뛰어나서 달이 시기하고 꽃이 부끄러워하는 듯할 뿐 아니라, 개명한 학문도 있기로 근처에 소문이 유명하여 사람마다 흠모하는 바이더니, 청보에 개똥을 쌌다는 말과 같이 그 여자가 음란한 행실이 한두 번 아니라 일전에도 신병이 있어 피접을 간다 청탁하고 북한사에 가 있더니.”

하며 자주 곁눈질을 하며 태순을 흘금흘금 보니, 태순의 안색이 자연 불안하더라. 임 주사가 소리를 돋우어 또 보되,

“그 절에서 어느 남자를 또 사귀었던지 돌아오는 길에 그 소년을 보고 남이 부끄러운 줄 모르고 교중(僑中)에서 은밀한 약조를 정한 후 경성으로 돌아왔다 하니, 아무리 인물이 절색이요, 학문이 고명하다 할지라도 이러한 행실이 있을진대 그 이름을 매선이라 함이 부끄럽도다. 매화라 하는 것은 절개가 높은 꽃이니 어찌 음행이 저러한 여자에 비할 바요. 이는 진실로 매화를 욕되게 함이로다.”

보기를 마치매 신문을 무릎에 놓고 송 교관을 보며 말하되,

“남촌 근처 있다 하니 일전에 말하던 그 여자가 아닌가?”

송 교관이 가로되,

“전후의 사정을 생각하여 보면 알 듯한 일이 아닌가. 대저 은밀한 일은 소문나기가 쉬운 법이니.”

옥도가 옆에서 말하되,

"어느 곳 사람인지는 모르나 그러한 일까지 신문에 오르니 견딜 수 없으리로다."

송 교관이 웃으며,

"너의 일도 자주 신문에 나기로 이른바 과부 설움은 동무 과부가 안다 하더니, 너를 두고 하는 말이로다."

태순이 넋을 잃은 듯이 듣고 있더니 별안간 안색이 불쾌하여 송 교관을 보며,

"그대는 그 신문에 게재된 여자를 일찍이 아는 사람인가?"

송 교관이 대답하되,

"나의 누이와 한가지로 학교에 다니는 여자인 고로 자세히 아노니 용모는 그다지 추물은 아니요, 재주도 있으나, 계집아이가 연설장으로나 쫓아다니고 그 외 행실이 괴악하여 조금 마음에 있는 남자를 보면 각색 천한 행동으로 그 정신을 미혹하여 전재를 빼앗다가 그 남자가 저의 욕심대로 주지 아니하면 즉시 거절하고 또 다른 남자를 친하기로 이번까지 몇 번이나 신문에 나는지 모르겠으니, 대저 여자라 하는 것은 외양으로만 보고 알지 못할 것이어늘, 그러한 계집에게 속는 남자야 일개 천치라 말할 것 없나니라."

하면서 무심히 하는 말같이,

"노형, 그 사이 북한사에 유람하셨다 하니 그 여자를 혹 만나지 못하였는가?"

태순이 알지 못하는 모양으로 대답하되,

"그러한 여자를 어디서 보았으리요."

입으로 대답은 하면서 마음에는 심히 불평하더라.

아무리 태순같이 재덕이 겸비한 사람이라도 이때까지 매선과 깊은 교제가 없고 다만 일차 담화를 들은 후로 재색을 흠선할 뿐이요, 그 사람됨은 자세히 알지 못할 터이라.

옛적에 증자의 어머니 같은 이도 아들이 살인하였다 함을 세 번째 듣고서는 베틀 위에서 짜던 북을 던지고 달아났다 하는 말도 있으니 십벌지목(十伐之木)은 자고로 없는지라. 일전에 일산에서 두 서생의 말을 듣고 의심하던 중 이번에 신문에 게재된 일을 보고 또 송 교관이 그 소행을 자세히 알아 신문과 조금도 다르지 아니한즉 스스로 의심을 풀지 못하여 불쾌한 감정이 불일 듯하되 사색을 남에게 알림은 불가한 고로 짐짓 다른 이야기도 하며 억지로 진정코자 하나 도저히 어려운지라, 옥도가 권하는 술을 못 이기는 체하고 오륙 배를 마시니, 본래 주량이 크지 못한 사람으로 자연 대취하여 정신이 몽롱하더라.

제14회

동창에 해가 비치고 문 외에 거마가 분분한데 방문 밖에서 인적이 있더니,

"서방님, 기침하여 계시니까?"

태순이 이불 속에서 머리를 들고 창을 밀치니 금년이 웃음을 머금고 묻되,

"어젯밤에 매우 취하신 듯하옵더니 곤뇌하지 아니하시니까?"

태순이 가로되,

"먹을 줄 모르는 술을 과음하여 정신없이 취하였더니 두통도 나고 목이 말라 견딜 수 없으니 냉수 한 그릇 가져오기를 청하

노라. 그러나 내가 어느 때에 주인집에 돌아왔느뇨. 아주 기억
치 못하겠도다. 무슨 실수나 아니하였는가?"

금년이 가로되,

"밤이 너무 늦었으되 오시지 아니하시기로 주인 서방님께서
염려하시고 인력거를 데리고 가시더니 새로 두 점가량은 되어
모시고 오셨나이다. 서방님은 평생에 조심을 하시고 술을 과음
하지 아니하시더니 이번에는 이상한 일이라고 여러 분이 말씀
하셨나이다."

하며 일봉 서간을 허리춤에서 내어드리는데, 피봉의 필적이 전
자에 무명씨 돈 보내던 편지와 흡사하거늘, 태순이 떼어 보니
한 장 청첩이라. 사연에 하였으되,

노상에서 잠시 말씀함은 여자의 행실이 아니온 듯 부끄럽고
창피하옴을 이기지 못하오며, 존가가 입성하심을 듣고 구의
봉 구름을 헤쳐 만리 앞길을 열고자 하오나 여자의 몸이 되어
먼저 탑하에 나가지 못하옵고 두어 줄 글월을 부치노니, 외람
타 마시고 쑥문으로 하여금 빛이 나게 하심을 바라나이다.

태순이 보기를 마치매 작야에 보던 신문과 송 교관의 말이 문
득 생각이 나며, 그 편지 보기도 자기 몸을 더럽힐 듯하여 쭉쭉

찢어 화로에 떨어뜨리고 정대한 말로 금년더러 이르되,

"이 다음에는 이 같은 서간이 오거든 받아들이지 말지어다."

금년이 무료히 섰다가 가로되,

"소녀가 서방님을 여러 달 모시고 지내매 범절이 인후하여 박행하심을 뵈옵지 못하였더니, 오늘 하시는 거조는 실로 생각던 바 아니로소이다."

태순이 잠잠히 있거늘 금년이 또 말하되,

"소녀가 열인은 많이 못하였사오나 이 아가씨같이 무던하신 이는 다시 못 보았고, 또 서방님께 향하여 마음 쓰심이 실로 범연치 아니하거늘, 오늘날 이같이 냉각하심은 어떤 연고니이까?"

태순이 의아하여 재삼 생각하다 가로되,

"그 여자를 네 어찌 그같이 자세히 알며 내게 향한 마음이 무엇이었느뇨?"

금년이 대답하되,

"그 아씨는 권 첨사 댁 작은아씨인데 수차 부르시기에 가 뵈왔삽거니와 인품도 좋으시고 재질도 좋으셔 평생에 서책을 많이 보아 학문이 유여하신데, 행실도 단정하실 뿐 아니라 비복들에게도 은애로 무마하시므로 칭찬 아니하는 사람이 없사오며, 의로 맺은 숙부에게도 지성으로 봉양하시는 것을 보오면 어느 누가 감동치 아니하오리까. 먼젓번에 서방님께 식비를 보내시던 이름 없는 편지도 어디서 온 것인지 몰랐더니, 이 동안 알아본즉 그 아씨께서 유지하신 양반이 곤란 겪으심을 애석히 여겨 보내신 것이라 하더이다.”

태순이 고개를 숙이고 있다가 가로되,

“네 말과 같을진대 가히 아름다운 여자라 하겠으나, 그러나 괴이한 소문이 신문상에 올라 세상에 낭자함은 어쩐 연고인지 모르리로다.”

금년이 크게 놀라 소리 높여 가로되,

“서방님께서는 그런 말을 곧이들으시고 이같이 말씀하시니 진실로 한심하여이다. 근일 신문에 해괴한 말을 기재하여 사람의 이목을 의혹케 함은 정녕히 심사 불량한 권 첨사 영감과 어느 양반이라던지 성명은 잊었사오나, 그 아씨를 욕심내어 백 가지로 결혼하기를 꾀하다가 뜻과 같지 못하여 함혐하고 있는 자가 흉측한 계고로 욕설을 주작하여 신문에 낸 것인 듯하오니, 바라건대 서방님은 소인의 참소로 옥 같은 아씨를 의심치 말으소서.”

태순이 이리저리 생각하다가 금년의 말을 들으니 사리가 그러할 듯하고, 또 간밤에 신문을 보던 임 주사라 하는 자의 얼굴이 일산서 목욕하며 이야기하던 사람과 비슷함이 의아하였더니 비로소 짐작이 나서는지라. 필연을 내어놓고 답서를 써 금년을 주고 즉시 전함을 부탁한 후 홀로 앉아 탄식하되,

"북한사 노파로 하여금 나에게 전케 한 글을 생각건대 족히 그 여자의 일정한 뜻과 인심을 알 만하다. 송 교관은 본래 빈한한 사람으로 다수한 전재를 허비하여 가당치 아니한 대탁을 차린 것이 이상할뿐더러 조좌 중에 신문을 낭독하며 그 여자의 흠언을 널리 알리고, 또 옥도로 하여금 술을 강권하여 나의 대취함을 주선함은 모두 무슨 사단이 있음이어늘, 전후 사정을 생각지 아니하고 사람의 선동한 바 되어 일시의 분으로써 은의 있는 여자를 불평히 여김은 나의 몰각함이로다. 국가의 경륜을 품고 복잡한 사회에 나와 사업을 이루고자 하면서 부정한 무리의 농락에 빠지고 어찌 세상의 유명한 정치가가 되기를 기약하리오. 이는 지금까지 글만 읽고 앉아서 정신을 허비하여 세태와 인정을 살피지 못한 소치라. 아무리 서적을 박람하였을지라도 경력이 부족하면 수다한 사람을 접제하여 정치상에 힘을 다하지 못하리로다."

하여 마음을 분발하니, 이는 장차 태순이 세상에 입신하여 유명한 정치가로 전정을 담당할 만한 소년의 기상이러라.

태순이 소세를 마친 후 의관을 정제하고 권 첨사 집으로 향하려 할새 금년이 밖에서 쫓아 들어오며 조용히 고하되,

"서방님께서 지금 권 첨사 댁으로 행차하려 하시나이까. 그 댁 작은아씨께서 당부하시기를, 오늘 오후에 권 첨사 내외분이 남문 밖 일가댁에 가실 터이니 그 승시하여 오시면 이목이 번다치 아니할 듯하다 하시더이다."

태순이 그 말을 듣고 오후가 되기를 기다려 남촌으로 찾아가니, 중문을 적적히 닫고 사람의 자취가 고요한데 다만 삽살개 한 마리가 문 앞에 누워 줄 뿐이라. 태순이 한참 방황하며 주저하다가 기침을 이삼 차 하니 안에서 계집 하인이 나와 태순을 보고 명함 한 장을 달래 가지고 들어가더니 즉시 다시 나오며 앞을 인도하여 후원 별당으로 들어가는데, 좌우를 살펴보니 집이 별로 크지는 아니하나 군신좌사가 분명하고 주련부벽(柱聯付壁)이 시속누태(時俗陋態) 하나 없이 청아한 글 뜻을 취하여 붙였으며, 괴석과 화초도 번화함을 버리고 담박하였는데, 당상에 교의 삼사 개를 놓고 그 곁 고족상 위에 차제구를 벌여 놓았으니 그 아담한 운치가 비할 데 없고, 방 안의 문방제구도 한가지로 시속 부인이 거처하는 곳 같지 아니하여 연상문갑(硯床文匣)을 운치 차려 그 위에 만국 서책을 정돈하였더라.

제15회

　세상에 사람이 나서 무엇이 그중 기껍고 무엇이 그중 원하는 바이냐 하면, 귀천 부귀를 물론하고 마음과 뜻이 서로 같아 서로 나무랄 데 없는 지기를 만남에서 더 지날 것이 없느니, 가령 원앙이 비취에 대하여서도 기꺼울 것도 없고 원하는 바도 아니며, 비취가 원앙에 대하여서도 기꺼울 것도 없고 원하는 바도 아니라. 천생으로 원앙은 원앙과 만나고, 비취는 비취와 만난 연후에야 비로소 소원이 성취되어 한없이 기껍다 함과 일반으로, 숙녀는 군자의 좋은 짝이라 결단코 용렬한 지아비는 원하고 기꺼워하지 아니하리로다.

　매선이 태순의 이름을 보고 반가운 낯빛으로 마루 아래로 내

려와 빈주의 좌를 정한 후 매선이 차를 내와 단정히 말하되,

"한낱 규중 천품이 당돌히 고명하신 대인으로 욕림하심을 청하였사오니 송황한 마음을 둘 곳이 없사오나 사정의 절박함이 있어 짐짓 과실을 범하였사오니 용서하시기를 바라나이다."

태순이 고쳐 앉으며 대답한다.

"문산포 노중에서 밝게 가르침을 입은 후 산두같이 우러름을 마지 못하옵더니 더러이 여기지 않으시고 이같이 부르시니 실로 미물의 고기가 용문에 오름을 얻음 같사오이다."

말을 마치며 벽상을 바라보니, 금식으로 꾸민 틀에 사진 한 장을 걸었는데 자기의 얼굴과 흡사한지라. 마음에 경아하여 앞으로 가까이 가 본즉 분명 자기의 사진이요, 그 밑에 한 귀 글을 썼으되, '금석같이 무거운 언약이여, 죽기를 한하고 저버리지 못하리로다.' 하였거늘 태순이 더욱 괴이히 여겨 물어 가로되,

"사진은 내가 처음으로 경성에 올라오던 해에 박은 바이어늘 어찌하여 귀댁에 있으며, 또 그 밑에 있는 글은 무엇을 가리킴인지 해득키 어렵나이다."

매선이 수삽한 얼굴을 강잉히 들어 대답하되,

"그 사진이 공자 같으면 어찌하여 성씨가 상차가 되나이까?"

태순이 옷깃을 여미고 대답하되,

"문산포 노상에서 행색이 총총하시므로 묻자오시는 말씀을

미처 대답치 못하와 불안하거니와, 소생이 십삼 세에 공부함이 필요한 줄 알고 불초한 행동으로 부모께 고치 아니하고, 경성으로 올라와 혹 종적이 탄로될까 염려하여 잠시 권도로 심가라 변성하온 일이 있사오나 낭자가 어디로 좇아 아시나니까?"

매선이 자취 없는 눈물로 옷깃을 적시며 가로되,

"박명한 첩의 엄친께서 재세시에 공자의 사진을 주시며 이르시되, 이는 곧 너의 백 년 언약을 정한 바 심랑이라, 나 죽은 후라도 부디 신을 지키어 나의 부탁을 저버리지 말라 하심이 있삽기로, 영정한 신세로 비상히 곤란을 겪사오며 군자의 종적을 탐문코자 하오나 강근한 친족도 없사와 누구로 더불어 의논할 곳도 없사오니 구구히 적은 예절을 지키다가는 일생을 그르칠 뿐 아니라, 선친의 유언을 거역하와 세상에 용납지 못할 죄명을 면키 어려울까 하여 부끄러움을 무릅쓰고 여학교에 들어 일변 학문도 연구하고, 일변 군자의 성식을 알고자 하여 앞서 독립관 연설장까지 가서 두루 살피옵다가 천행으로 군자가 연설하심을 뵈왔사오나 성씨가 이 씨라 하니 바라던 마음이 땅에 떨어져 창연히 집으로 돌아왔삽더니, 다시 들은즉 군자가 식비로 군색하시다 하기로 약소한 전량을 부끄럼을 무릅쓰고 받들어 보냈삽고, 그 후 북한사에서 잠시 지나가심을 뵈왔사오나 노파를 반련하여 존성을 묻자올까 하였더니, 숙모가 재촉하심으로 겨

를을 도모치 못하고 그곳서 떠날새 용렬한 글 한 수를 군자에게
드리라 노파더러 부탁하고 문산포로 갔삽더니 뜻밖에 노중에
서 뵈옵고 당돌히 말씀을 묻자온 일은 여자의 행실이 아니오나
박부득이한 사정이 있사와 남의 웃음을 돌아보지 못함이로다.”

태순이 이윽히 생각하다가 가로되,

“그러하오면 존성이 장 씨가 아니시오니까?”

매선이 대답하되,

“그러하나이다.”

태순이 탄식하여 가로되,

“영존이 소생의 용우함을 살피지 못하시고 정혼함을 말씀하
신 일이 과연 있사오나 그때 소생의 연치가 어리고 행실이 경박
하여 등한히 잊고 기억도 아니하였사오니, 낭자의 고초 겪으신
일은 모두 소생의 불민한 죄로소이다. 그러나 박부득이한 사정
이 있다 하시나 소생과 인연하여 무슨 관계가 있나이까?”

매선이 한숨을 깊이 쉬며 가로되,

“첩의 명도 기박하와 일찍이 천지가 무너지고 다만 의로 정한
숙부 권 첨사를 의지하여 가산을 정리케 하옵고, 아무 때든지
군자를 기다리려 하였삽더니, 재정 출납을 일절 속일뿐더러 선
친의 유서를 위조하여 첩을 축출하려는 음모를 포장하고 백 가
지로 운동하는 중 하상천의 지촉을 청종하고 첩이 정한 마음을

억지로 빼앗으려 하나 종시 청종치 아니하온즉, 하상천이 저의 문인 송 교관을 소개하여 혹 위협도 하며 혹 달래기도 하다가 심지어 입에 담지 못할 욕설로 신문에 게재까지 하였으니, 이는 첩의 명예를 없도록 하여 군자로 하여금 침을 뱉고 돌아보지 아니하게 하고 저의 계교를 성취코자 함이요, 또 묻지도 않는 말로 군자가 은일에 주색에 빠져 옥도라 하는 기생과 백 년 금실을 맺었다 하여 첩이 단망하기를 도모하더이다.”

하고 오열히 우는지라. 태순은 더운 눈물이 절로 떨어질 듯하고, 하상천의 간계는 음흉 극악하여 당사자로 하여금 모공이 자연 송연한지라. 이윽히 생각하다가 매선을 위로하여 가로되,

“한 번 이지러지면 한 번 둥근 것은 천리에 소소한지라. 선분의 고초는 후분의 안락될 장본이니 조금도 비상치 말으시고 전후 방침을 도모하사이다. 소생이 처음에 입성하여 구두쇠 여관에 있삽더니 뜻밖에 송 교관이 요리점으로 청하여 비상히 접대하며 옥도로 하여금 먹지 못하는 술을 강권하나 소생이 연전에 취중에 실수한 일이 있은 고로 맹세코 과음치 아니하옵더니, 어리석은 위인이 신문에 기재한 욕설과 송 교관의 험언을 곧이듣고 흠모하던 마음이 땅에 떨어지매 불운한 회포를 금치 못하여 권하는 술을 마시고 정신없이 혼도하였더니, 주인 구두쇠가 전재에는 인색하나 사람은 직심이라 소생이 밤들도록 아니 돌아

옴을 보고 요리점으로 찾아와 옥도의 만류를 배각하고 인력거에 실어 돌아오므로 다행히 흉계에 빠지지 아니하였소이다. 그 자들의 소위를 생각하면 강경한 수단으로 설욕함이 마땅하오나 옛말에, '사람은 나를 저버릴지언정 나는 사람을 저버리지 말라.' 하였으니, 하·송 양인은 말할 것 없거니와, 권 첨사는 남에게 팔린 바 되어 이익을 희망하던 자라 그 뜻을 연구하면 도리어 불쌍한 인류니 이왕 흠축한 재산 문부를 저 보는 데 충화하여 광탕한 뜻을 베풀면 저도 필연 감격히 여길까 하나이다."

매선이 고쳐 앉으며 공경히 대답하되,

"천려에도 이같이 생각하였삽던 차 밝히 가르치심을 입사오니 어찌 봉행치 아니하오리까?"

하며 상 위의 시계를 보더니,

"벌써 하오 네 시가 되어 숙부가 돌아올 시간이 멀지 아니하였사오니 오래 이곳에 지체하심이 불가할 듯하여이다."

태순이 급히 일어나 작별할새 매파를 보내어 정식으로 혼인을 정한 후 택일 세례함을 약조하고 주인집으로 돌아가니라.

권 첨사 내외는 비루한 사람이라 범포한 채장을 일체 탕감함을 보고 한없이 기뻐하여 하상천의 꾀임으로 유서 위조하던 일을 절절 자복하며, 태순의 매파가 다녀간 후로 혼수를 성비하여 길일 되기를 고대하더라.

설중매

구연학 [具然學, 1874. 7. 9. ~ ?]

본관은 능성(綾城). 1874년(고종 11년) 충청남도 해미에서 태어났다. 1904년 중교의숙에서 공부하였고, 이후 한성외국어학교를 거쳐 보성전문학교 법률학과를 졸업하였다. 신소설 외에 정치 문제에도 관심을 가져 신문에 정치 논설을 발표하였다.

1908년에 발표된《설중매》는 일본의 개화기 작가 스에히로 뎃초(末廣鐵腸)의 정치 소설《셋츄바이(雪中梅)》를 번안한 작품이다. 《설중매》는 이인직의《은세계》, 이해조의《자유종》과 더불어 개화기 3대 정치 소설로 꼽힌다.

◆ **작품 개관**

일본 개화기의 소설을 번안한 작품으로 개화기 신소설의 창작에 많은 영향을 주었다. 신교육을 받은 이태순과 현명하고 인품이 고매한 장매선이 여러 사건을 겪으며 만나는 내용을 통해 새로운 교육, 결혼, 정치 등 당대 사회의 다양한 문제를 다루었다. 전편 15회로 갑오경장 이후의 우리나라의 모습을 그리고 있다.

◆ **줄거리**

매선은 병환 중인 어머니에게 아버지가 정한 신랑인 심랑에 대해 듣는다. 어머니가 돌아가시자, 매선은 여학교에서 공부하며 심랑의 소식을 기다린다.

독립 협회 연설회에서는 사람들이 모여 여러 가지 문제에 대해 연설하고 토론한다. 정치 문제 등이 발생하면 경찰이 제재도

한다. 그중 이태순이라는 소년의 연설이 사람들에게 큰 박수를 받는다. 이태순은 협회의 힘을 모으고 구태의연한 악습을 철폐해 앞으로의 일을 준비하자고 연설한다.

그날 친구 전성조가 찾아와 태순의 연설을 칭찬한다. 부모를 봉양하는 문제를 두고 전성조는 서양 문화의 우수함을 주장하고, 태순은 동양 문화의 가치에 대해 역설한다. 전성조는 결사당을 조직하자고 말하지만 태순은 거절한다. 전성조를 배웅한 뒤 태순은 그가 선동하기를 너무 좋아하는 것을 알고 주의한다.

전성조를 배웅한 뒤 주인 구두쇠가 태순에게 밀린 방세와 식비 등을 닦달하는데, 그때 태순에게 발신자를 모르는 편지와 돈 삽십 원이 전해진다.

오월 열흘날 아침, 갑자기 이태순과 문전철이 경찰에 잡혀간다. 태순이 문전철을 위해 다이아몬드라는 옥편을 사고 안부 편지를 쓴 것이 다이너마이트라고 오해를 불러 일으켰기 때문이다. 태순은 옥에 갇혔다가 칠월 초에 방면된다. 태순은 풀려난 뒤 북한산 절에서 쉬다가 글을 읽는 한 소녀의 목소리를 듣는다. 소녀와 글을 주고받으며 태순은 그녀의 재덕이 뛰어나다고 생각해 교류하고 싶어 하지만 소녀는 이미 편지를 남기고 떠나버린 뒤였다. 태순은 그녀를 쫓아 문산포로 가려 하지만 갑자기 병이 나 며칠 더 쉬고 따라가게 된다.

문산포로 가는 길에서 태순은 그녀를 다시 만난다. 매선은 태순을 알아보고 예전에 장 씨 집안과 혼담이 있지 않았느냐고 묻는다. 그러나 두 사람은 태선의 숙모에 의해 더 이상 대화를 나누지 못한다.

숙부는 매선에게 결혼을 권하지만 매선은 부모의 유언을 생각해 거절한다. 그러나 숙부는 조작된 유언을 들이밀며 매선에게 약간의 재산만 주고 내보낼 궁리를 한다. 하상천과 송 교관, 숙부는 서로의 잇속을 위해 매선을 정략결혼시키려 한다.

송 교관은 태순과 술을 마시며 매선을 음해하는 이야기를 흘리고, 태순은 그 말을 믿고 크게 실망한다. 다음날 일어났을 때 매선의 편지가 와 있지만 태순은 편지를 읽자 마자 불태워 버리려 든다. 계집종에게서 매선의 인품이 뛰어나다는 말을 듣고 혼란을 느낀 태순은 자신이 잘못 생각했음을 깨닫고 반성한다. 태순은 곧바로 매선을 찾아가 오해를 푼다. 심랑이 태순과 동일 인물인 것이 밝혀지며 그들이 서로 오래전에 정혼한 사이임을 알게 된다.

◆ **주요 등장인물**

이태순 온건한 개화파에 속해 신문물을 받아들이되 장단점을 가

려야 한다고 주장한다. 인물이 뛰어나고 욕심이 없으며 신의를 중
요하게 생각한다.

장매선 아버지와 어머니를 일찍 여읜다. 총명하고 온화하며 신학
문에도 관심이 많다. 아버지께서 오래전에 정한 남자와의 결혼
약속을 지키려 한다.

전성조 태순의 친구. 성격이 급하고 공명심이 많다.

구두쇠 태순이 하숙하는 곳의 주인. 무식하고 재물을 탐한다.

문전철 태순의 친구. 개화파에 속한다.

매선의 숙부 매선의 재산을 가로챌 궁리에 골몰하고 매선의 장래에
는 관심이 없다.

◆ **작가와 작품**

신교육을 받은 작가

구연학은 신교육을 받은 사람이다. 1904년 3월에 외국어학교인
중교의숙에 입학했고, 한성외국어학교를 거쳐 보성전문학교 법률
학과를 졸업하였다. 외국어학교나 법률학과는 그전에는 없었던
새로운 신학문에 해당한다. 신교육은 그에게 계몽 의식을 불어넣
어 주었다. 그로 인하여 그의 작품에는 계몽과 관련한 내용이 많
이 나온다.

문전철과 이태순은 서로 친하고 호의적인 관계이다. 그러나 여성의 교육 문제에 대해서는 생각이 서로 다르다. 문전철이 여성이 교육받는 것에 대해 부정적인 데 비해, 이태순은 여성의 교육이 반드시 필요하다고 말한다. 이는 결국 구연학이 개화기 시대에 여성 교육을 중요하게 생각했음을 알 수 있다.

작가는 교육 문제뿐만 아니라 정치 문제에도 많은 관심을 보인다. 구연학이 신문에 정치 논설을 여러 번 발표했다는 사실도 이와 관계 있다. 《설중매》에서는 재산과 지식의 유무에 관계없이 평등한 정치가 이루어져야 한다고 말한다.

동시에 작가는 사회가 천천히 개혁되기를 바랐다. 이태순은 전성조와의 대화에서 결사당과 같은 과격한 조직은 좋지 않다고 반박한다. 전성조는 목숨을 걸고 큰일을 계획해야 한다고 주장하는 데 비해 이태순은 공론을 좇아 균일하면서 완전한 사회를 이루기를 원한다.

부모의 봉양 문제에 대해서도 전성조는 자식이 부모에게 종속되는 것은 옳지 못하며, 자식이 부모로부터 완전한 독립을 이루는 것이 개화라고 본다. 반면, 이태순은 천륜을 잊어서는 안 되며 서양의 문화를 급격히 받아들이는 것이 옳은 일만은 아니라고 대답한다. 당시 개화파에도 급격한 사회 변화를 주장하는 강경파와, 천천히 사회를 바꾸어 나가자는 온건파가 있었는데,

구연학은 후자에 속했으며, 그 생각은 이태순의 말을 통해 소설 속에서 여러 번 나타난다.

독자에게 친밀하게 다가간 번안소설

이 작품은 번안 소설이다. 번역과 번안은 비슷해 보이지만 그 의미가 다르다. 번역은 원전을 다른 언어로 충실히 옮기는 것으로, 원전의 뜻을 최대한 훼손시키지 않는 범위 내에서 다른 언어로 옮긴다. 번안은 번역과 달리 원전의 주요 모티프나 서사는 유지하되 세부적인 부분에 있어서는 당대 사회 모습에 맞게 바꾼다. 그래서 번안 작품은 고유 명사나 묘사된 풍속이 독자들의 생활과 비슷한 장점이 있다. 또 번안은 번역과 달리 많은 부분을 임의로 축소하거나 늘리기도 한다. 그래서 번안 소설은 전체적인 줄거리는 비슷하지만 원작과 비교해 보면 상당히 다른 소설이 되어 버리는 경우도 허다하다.

설중매의 원작은 일본의 자유 민권 운동가이자 정치 소설가인 스에히로 뎃초(末廣鐵腸)의 정치 소설 《셋츄바이(雪中梅)》이다. 《설중매》는 원작의 발단 부분을 옮기지 않았고, 전체적으로 원작에 비해 규모가 축소되었다. 등장인물의 이름, 배경 등도 바꾸었다.

　우리나라는 1900년대를 전후해 번안 소설이 많이 나타났다. 염상섭, 현진건도 번안 소설을 썼다. 번역 소설은 외국 소설을 그대로 옮기기 때문에 낯선 등장인물과 배경이 등장하지만, 번안 소설은 익숙한 이름, 친숙한 배경이 등장해 독자가 읽는 부담이 적다.

　《설중매》가 당대 많은 인기를 끈 것은 이 소설이 번역이 아니라 번안된 것이기 때문이기도 하다.

◆ 작품의 감상과 수용

여전히 수동적인 여성

여성의 입장에서《설중매》를 감상할 때 불편한 설정이 눈에 띈다. 《설중매》는 개화기의 신소설임에도 불구하고 여성에 대해서는 봉건적 입장을 취한다.

　먼저 장매선은 이태순과 자유연애를 하는 것이 아니다. 이태순과 장매선의 결혼은 가문과 가문의 결합인 봉건적 결혼에 가깝다. 장매선의 아버지는 일방적으로 이태순과의 혼인을 결정하고, 그 사실을 집안에 통보한다. 장매선은 이태순과 만나기 전에는 한 번도 직접 얼굴을 보지 못했다. 가지고 있는 사진도 아버지가 보내온 것으로, 이태순이 십삼 세 때 찍은 한 장이 전부다. 장매선의 아버지는 딸에게 시대가 변한만큼 여성이 집안에만 있을 필요는 없다는 뜻을 전하면서도 결혼 문제에서는 봉건적인 태도를 보인다.

장매선도 아버지가 정한 뜻을 좇는다. 아버지가 정한 약속인만큼 이태순을 오랫동안 기다릴 것이며, 몇 년 더 기다려도 만나지 못한다면 그 뒤에 다시 숙부와 상의를 해 보겠다고 어머니께 대답한다. 어머니는 딸의 대답에 기뻐하며 아버지의 뜻을 좇는 게 옳은 것임을 다시 한 번 강조한다.

장매선은 계속해서 이태순과의 혼인을 생각하는 데 비해, 이태순은 장매선과의 혼인에 많은 관심을 쏟지 않는다. 이태순에게 중요한 문제는 결혼보다 사회 개혁과 같은 거시적인 것이다. 장매선이 자신의 정혼자인 것을 정확히 알고 한 일은 아니지만 편지로 삼십 원을 보내서 이태순의 뜻을 계속 펼칠 수 있게 도와준 것 역시 남편에 대한 아내의 내조처럼 보인다.

소설의 후반부에서 이태순과 장매선이 자연스럽게 다시 만나고 서로가 혼약한 사이임을 알게 되기 때문에 이 소설의 봉건적 결혼관은 어느 정도 희석되어 보인다. 그러나 다시 생각해 보면 결국 《설중매》는 부모가 정한대로 결혼하는 것이 옳은 일이라고 말하고 있음을 알게 된다. 두 사람은 우연히 만나게 된 것이지 원래부터 사랑해서 결혼하는 것은 아니다. 인품이 훌륭하다는 식으로 처리되어 있긴 하지만 두 사람의 결혼은 사랑보다 부모님들의 약속으로 이루어진다. 즉 《설중매》는 여성이 달라져야 함을 주장하면서도 결혼 문제에서는 아직까지 옛 관습을 따른다.

개화기 때 중요했던 개혁의 수단들

개화기는 이름 그대로 많은 것이 바뀌던 때였다. 《설중매》에는 현실의 변화와 발전을 위해 많은 이가 고심하는 부분이 나온다. 태순이 연희에 대해 설명하는 부분을 보면 당대 현실을 바꾸는 방법의 특징을 알 수 있다.

태순은 동료들과의 대화에서 연희를 벌이는 것이 필요하다고 주장한다. 그런데 연희의 필요성을 놀이나 즐거움의 차원이 아니라 사회 변화와 관련지어 설명한다.

사회 풍속을 변화시키는 데 있어 제일 좋은 것은 학교다. 개화기 무렵에는 많은 학교가 세워졌고, 지식인들은 앞다투어 교육을 통한 계몽을 부르짖었다. 교육을 통한 사회 변화는 그 후로도 오랫동안 이어졌고 오늘날 우리나라의 높은 교육열 역시 이와 관련이 있다.

그러나 학교 교육은 시일이 오래 걸리고 노력과 돈이 많이 든다. 그래서 학교 교육보다 더 빠른 변화를 불러일으킬 수 있는 방법으로 연설이 많이 이루어졌다. 《설중매》의 앞부분에서 독립 협회에 사람들이 모여 저마다 오랫동안 연설하는 장면이 있던 것을 떠올려 보자. 이태순도 강단에 서서 자신의 생각을 밝히기도 했다. 당시 연설은 그저 자신의 뜻을 전달하는 데 그치는 것이 아니라, 사회를 하루빨리 변화시키기 위한 방법으로 인식되었다. 아직 글자를 읽지 못하는 문맹자의 비율이 높은 시대였다는 것도 연설이 다른 수단보다 효과적인 요인이 되었다.

또 《설중매》에서 소설은 연설보다 효과가 빠른 것으로 서술된다. 당시 애국 계몽 소설이 많이 창작되고 읽혀진 것은 소설을 단지 흥미나 여가의 차원에서 읽지 않고 사회 변화의 도구로 생각했음을 시사한다. 소설을 통해 새로운 문물을 소개하거나 사회 변화를 주장하고, 사람들의 의식을 변화시키려 한 것이다. 소설은 같은 내용을 여러 번 반복해서 볼 수 있고, 연설에 비해 기억에도 더 오래 남을 수 있다는 것도 한몫했다.

《설중매》에서 가장 빠르게 사회 변화를 유도할 수 있는 것은 연희다. 이태순이 생각하는 연희는 그저 모여서 밥을 먹고 춤과 노래를 즐기는 것이 아니라 서로 교양을 나누고 세상에 대해 이야기를 나누는 것이다. 그러나 당시 사회에서 연희는 한가한 소일거리밖에 인식되지 못했던 것으로 보인다.

이처럼 학교, 연설, 소설, 연희 등은 당대의 중요한 문화이면서 동시에 계몽의 방법으로 관심을 끌었다. 개화기 시대, 하루 빨리 국력을 길러야 하는 문제가 중대했던 만큼 각 문화는 개별적으로 존재하기보다 계몽 정신과 어떻게든 연결되어 있었던 것이다.